또, 단지의 두 사람

또, 단지의 두 사람

또 · 단지의 두 사람

후지노 치야 지음

양지윤 옮김

일러두기

1. 모든 각주는 옮긴이 주입니다.

2. 책 속에 등장하는 도서명(단행본, 잡지, 만화)은 《 》, 영화, 방송 프로그
   램은 『 』, 노래 제목은 「 」안에 표시하였습니다.

3. 전화 너머의 목소리와 문자 내용은 ─로 표시했습니다.

차례

2

제1화

버터를 끊(고 싶)은 날

1

숫자 5가 붙는 날에는 역 앞 찻집 ‘마쓰’에서 핫케이크를 저렴하게 판다.

두 장짜리 플레인 핫케이크를 200엔에 먹을 수 있다.

한동안은 핫케이크를 먹으면 다음 방문부터 사용할 수 있는 할인권을 주는 시스템이었는데, 최근에는 예전처럼 당일 즉시 할인해 주는 방식으로 바뀌었다.

물론 고객으로서는 그쪽이 훨씬 좋다.

“그런 날은 안 갈 수가 없잖아.”

“맞아.”

함께 핫케이크를 먹고 돌아오는 길, 사쿠라이 나쓰코는 친구인 오타 노에와 웃으며 단지 안을 걷고 있었다.

“얘, 낫짱˙.”

공동 텃밭의 진달래 수풀 뒤에서 아주머니 한 분이 불쑥 얼굴을 내밀었다. 같은 동 3층에 사는 사쿠마 아주머니였다.

“아이고 깜짝이야. 안녕하세요.”

“낫짱, 딸기가 잔뜩 열렸단다. 먹어보렴.”

손짓에 이끌려 밭에 들어가니 여기저기 하얀 꽃이 핀 딸기잎 그늘 밑에 자그맣고 빨간 열매가 가득 달려 있었다.

“잘 먹을게요.”

나쓰코는 곧장 한 알을 집어 입안으로 던져넣었다.

얼굴 가까이에서 단내가 확 풍기며 익기 직전의 딸기 맛이 입안에 스르르 퍼졌다.

“달다!”

“그렇지!”

챙이 넓은 메시 소재 모자를 쓴 아주머니가 기쁜 듯 대꾸했다.

“노에짱, 너도 먹어봐.”

“……네.”

“사양하지 말고.”

“네······.”

“노에치*, 왜 그래?”

꾸물대는 노에치를 대신해서 나쓰코가 최대한 큼지막
한 한 알을 집어 내밀었다.

“낫짱, 그거 안 씻었잖아.” 노에치가 작게 속삭였다.

“뭐?”

“안 씻었다고.”

“아하! 안 씻었다고? 한 알 맛보는 정도는 괜찮아.”

나쓰코는 괜히 예민하게 구는 노에치를 보며 웃었다.

“진흙이 묻어 있으면 손가락으로 털어내면 돼.”

“아이고, 신경 쓰였구나? 미안하네. 그러면 집에 가져가
서 잘 씻은 뒤에 먹으렴. 맛있단다.”

언제나 친절한 아주머니는 딱히 언짢아하는 기색도 없
이 되려 미안하다는 투로 말했다.

“낫짱, 원하는 만큼 따가렴.”

“그래도 돼요?”

“그럼. 여기부터 여기까지. 맘껏 따 가.”

---

*　　　노에의 애칭

사쿠마 아주머니는 딸기를 심은 밭 일대의 폭 1미터 정도를 손으로 크게 가리켰다. 딸기잎 맞은편에는 블루베리 나무가 빽빽이 들어차 있었는데 열매가 막 맺히는 중이었다.

"그러면 사양하지 않을게요."

나쓰코는 본격적으로 허리를 굽히고 딸기를 한 알 한 알 따기 시작했다. "딸기가 늘었네요. 처음에는 한 다섯 그루쯤 되지 않았어요?"

"그랬지! 잘도 기억하는구나. 매년 점점 늘었어."

"그러면 내년에는 더 많이 수확할 수 있겠네요!"

딸기를 따는 족족 왼손에 옮기다가 이내 산더미처럼 쌓이자 나쓰코는 노에치를 손짓으로 불렀다.

휴일이었던 노에치는 누가 봐도 치렁치렁한 오버사이즈 티셔츠 차림이었다.

양손으로 옷단을 앞으로 추켜올린 뒤 딸기를 그 안에 전부 담았다.

"어머, 재밌네. 그렇게 들고 가려고?"

사쿠마 아주머니는 웃으며 딸기를 따더니, 함께 수확하는 동료라도 된 것처럼 유쾌하게 콧노래를 흥얼거리며 노에치의 티셔츠에 빨간 열매를 담기 시작했다.

한 알, 두 알, 세 알.

"낫짱, 너도 더 따렴."

"고맙습니다."

나쓰코도 웃으며 딸기를 새로 따서 노에치의 티셔츠에 휙휙 담았다.

쉰 살이 된 뒤 두 해가 더 지났는데도 나쓰코와 노에치는 여전했다.

삽화가인 나쓰코는 본업인 그림 의뢰가 줄어서, 중고 거래 앱과 온라인 경매에 매일 많은 시간을 보내고 있었다.

대학에서 한 번 쫓겨났던 노에치도 다른 학교의 시간 강사를 겸임하며 밥벌이 중이었다.

둘 다 본가인 단지로 다시 돌아와 그럭저럭 살아가고 있었는데, 서로 미리 짜기라도 한 것처럼 우연히 같은 시기에 되돌아온 건 그야말로 행운이었다.

가장 친한 친구가 예전처럼 가까이 있어서 마음이 든든했다.

사실은 즐거웠다.

물건을 깜빡하든 갑작스러운 고민 상담이 생기든, "지금 갈게"라는 한마디면 다 해결됐다.

실제 서로 이웃 동에 사는 터라 각자의 집 현관까지 가는 데 일 분밖에 걸리지 않았다. 아무런 약속 없이 단지를 걷다 보면 여기저기에서 우연히 마주치기도 했다.

재건축이 코앞인 낡은 단지였지만, 아직 구체적으로 정해진 일정도 없는 상태였다.

널찍한 정원이 있고 공원도 있으며 친분 있는 아주머니들 여럿이 늘 그렇듯 살고 있는 곳이었다.

2

노에치는 1층에 있는 나쓰코의 집에 들러서 조심스레 주방까지 걸어가 딸기를 소쿠리에 쏟았다.

나쓰코는 딸기를 물에 가볍게 헹군 뒤 아직 맛보기 전이었던 노에치에게 한 알 먹여주었다.

"달다!"

그제야 노에치는 감탄한 듯 말했다. "이렇게 작은데도 딸기 맛이 제대로네."

"그야 딸기니까."

나쓰코도 한 알을 입속에 던졌다. "달다!"

노에치가 입은 티셔츠에는 나쓰코가 만든 캐릭터인, 천사처럼 살랑살랑 날아다니는 자그마한 여럿의 '소라짱'

들이 그려져 있었다.

느긋하고 다정한 데다 꽃 이름에 훤한 친구인, 같은 단지에 살던 소라짱이 모델이었다.

그 '소라짱'을 주인공으로 그림책을 만들 생각이었지만 아직 완성하지는 못했다. 당연히 그림은 나쓰코가 그릴 테지만, 어릴 적 마음에 들어 여러 번 읽었던 그림책이라고는 빨간색에서 태어난 도깨비가 주인공인 《아카타로》뿐이었다.

스토리 구상이 어렵다고 나쓰코가 징징댔더니 책을 좋아하는 노에치가 선뜻 나섰다.

"별수 없군. 그쪽은 나한테 맡겨!"

그런데 깜깜무소식이다.

한번은 나쓰코가 투덜거렸다.

"아무리 느긋한 소라짱이라도 이젠 질렸을걸."

"이 정도로 소라짱이 그럴 리는 없지. 늘 웅크려 앉아서 가만히 나무랑 꽃을 보고 있는 애니까."

노에치가 기세 좋게 받아치며 조금도 당황하는 기색이 없자, 일단 나쓰코는 오리지널 굿즈를 만들었다.

일러스트나 사진만 있으면 굿즈를 한 개부터 제작하여 판매할 수 있는 인터넷 사이트에서 티셔츠와 에코백을 만들었다.

물론 이걸 구매해서 가지고 있는 사람은 나쓰코와 노에치 두 사람뿐이었지만.

"정말 좋다. 같은 단지에 집이 두 군데나 있으니 말이야. 편리하잖아!"

노에치는 곧잘 그런 식으로 요즘 놀러올 때마다 속 편한 말을 했다.

"집은 각자 하나씩이라고."

나쓰코가 단호하게 정정했다. 원체 말투는 무뚝뚝해도 손님맞이를 싫어하는 성격은 아니었다. 노에치도 부모와 사는 집에 돌아가기보다 여기에서 느긋하게 지내는 쪽이 편해 보였다.

"그러니까 이건 두 집 살림인 건가."

"무슨 소리야, 두 집 살림이라니. 같은 단지일 뿐이잖아."

나쓰코는 웃으며 고개를 저었다.

노에치와는 다른 쪽으로 예민한 성격인 나쓰코는, 밖에서 들인 물건은 기본적으로 하룻밤 묵히는 습관이 있었다.

나쓰코는 어제 도착해서 현관 옆에 뒀던 물건을 들고

와서 안을 열어봤다.

친척인 유코가 보낸 택배였다.

이바라키현의 가사마시에 사는 먼 친척이었다. 기껏해야 부모끼리 '육촌' 사이였지만 젊은 시절 도쿄의 화방에서 일했던 유코는 당시 나쓰코의 집(여기)에 자주 놀러 오곤 했다.

나이는 열 살 더 많았고 그림을 잘 그렸다. 순정 만화 잡지 공모전에 응모해서 특별상으로 유럽 여행권을 받은 이력도 있었다.

나쓰코가 동경하는 언니였다.

이바라키 과자가게 상호가 인쇄된 80호 크기의 상자 안에는 신문지로 둘둘 만 도자기 그릇과 나쓰코가 좋아하는 '마사카도 센베이'*, 밤 양갱, 그리고 수제 액세서리가 들어 있었다.

"신난다! 마사카도 센베이라니! 메구짱** 접시도 있어!"

나쓰코는 큰 소리로 기뻐하며 신문지로 감싼 도자기 그릇을 조심스레 열었다.

---

*   일본 전통 건과자
**   1970년대 방영된 TV 만화 『마법소녀 메구짱』의 주인공 캐릭터

"접시 예쁘다."

노에치가 말했다. 소박하고 넓적한 접시에 말 그림이 새겨져 있었다.

"그렇지? 괜찮네."

나쓰코도 대꾸했다. 그림과 색감이 따뜻하면서도 사랑스러웠다. "이거 불량품이래."

"불량품?"

"작품으로는 판매할 수 없는 상품인가 봐."

"아하, 불량품이라. 완고한 도예가가 바닥에 내던져서 와장창 깨뜨리는 작품 쪽이란 거네."

"맞아, 드라마에서만 봤는데."

나쓰코도 같은 광경을 떠올렸다. 접시를 구운 당사자는 유코가 아니라 근처에 사는 프로 공예가로 유코의 친구였다. "판매할 순 없어도 사용하고 싶으면 가져가라고 했대. 전에 하나 받았다가 마음에 들어서 쭉 쓰고 있다고 유코 언니한테 말한 적이 있거든. 기억해 줬네."

"이야, 좋겠다."

"횡재했지. 전화 좀 해도 돼?"

"그럼."

"이거라도 읽고 있어."

판매 예정인 잡지 《주네》* 두 권을 심심풀이로 읽으라
며 노에치에게 건넨 뒤 나쓰코는 유코에게 고맙다는 인
사를 하려고 전화를 걸었다.

유코는 집에 있었다.

예전에 그녀는 도쿄와 이바라키현을 오가기도 하고
특별상으로 유럽 여행도 가곤 했다. 그런데 먼 친척이라
도 같은 혈육이라 그런지, 서른이 넘을 무렵부터 유코도
나쓰코처럼 차멀미가 심해져서 지금은 현 밖으로는 거의
못 나가는 듯했다.

물론 사는 지역 안에서도 금방 컨디션이 나빠지는 나
쓰코로서는 도저히 이바라키현까지 갈 엄두가 나지 않았
다. 그 탓에 유코와 직접 만나기는 어려웠다.

그런 만큼 이렇게 정기적으로 서로 물건을 보내고 전
화로 근황을 주고받았다.

"요즘 어떻게 지내?"

접시를 보내줘서 고맙다고 말한 뒤 나쓰코가 물었다.

— 딱히 별일은 없어.

유코는 웃으며 대답했다.

"당숙도 건강해 보이시더라."

택배 안에는 유코와 그 아버지가 나란히 찍은 사진도 들어 있었다. 커다란 국화꽃이 가득한 곳에서 찍은 사진이었다. "이건 언제 찍은 거야?"

— 아아, 사진? 작년 가을에 가사마시 국화 축제에 가서 찍은 사진이야.

"어머, 거기 다녀왔구나."

— 응. 오랜만에 갔어.

가을이라면 반년 전의 사진이었다. 지금이라면 뭐든 곧바로 인터넷에 올려버리는 요즘 세대와는 달랐다.

더군다나 SNS도 하지 않는 유코로서는, 호의가 담긴 물건을 보내는 김에 작년 축제 사진을 함께 동봉하는 정도가 딱 적절한 페이스였다.

물론 받는 쪽인 나쓰코도 그 정도 사이의 근황이면 충분했다.

— 아빠 말인데, 좀처럼 운전을 그만둘 생각을 안 하셔서 골치야.

유코가 말했다. 그녀의 아빠는 팔십 대 후반으로, 이제 몇 년 후면 아흔을 바라보는 나이였다.

― 얼마 전에도 강둑을 달리다가 타이어가 터졌다니까. 그런데도 차를 안 멈추고 계속 달린 거 있지.

"저런, 그건 겁나는데. 역시 면허를 반납하시는 편이 좋지 않을까."

― 내 말이. 그렇다고 이제 와서 내가 면허를 따기도 어렵잖아. 차멀미가 심하니까.

"그것도 위험하지."

― 도쿄라면 괜찮겠지만, 여긴 차가 없으면 움직이기 힘들거든. 이젠 택시를 타라고 해도 그런 돈은 없다는 둥, 전화로 불러도 좀처럼 안 온다는 둥 이런 말만 하니까 도통 대화가 안 돼.

고령의 아빠 때문에 무척 난처하다는 투로 유코가 말했다. 유코의 아빠 주변에는 그보다 고령인 운전자가 많았다. 그 때문인지 스스로 여전히 쌩쌩하다고 믿고 있는데다, 운전 교습소의 고령자 강습에서도 좋은 평가를 받은 모양이었다. 담당자로부터 전혀 문제가 없으며 성적이 우수하다는 말을 들었다고 한다.

― 그래도 사고가 나기 전에 무사히 그만두는 편이 좋잖아. 지금까지 운전해 준 것만으로도 고마우니까.

유코의 말에 나쓰코는 고개를 끄덕였다. "그러게."

— 그리고 말이지, 요즘 아빠는 일어나자마자 산책을 가. 어쩐지 요즘 할아버지들 사이에서 산책이 유행인가 봐. 그래도 그렇지, 빈손으로 물도 안 가지고 나가서는 한 시간이든 두 시간이든 집에 안 돌아오니 내 걱정이 이만 저만이 아냐.

"그것도 겁나는데."

나쓰코는 예전에 밖에 나갔다가 열사병에 걸린 적이 있었다. 그 뒤로 경구 수분보충제를 늘 가지고 다녔다.

"물은 들고 나가셔야지."

— 내 말이.

유코가 웃었다.

— 그래서 이젠 아빠가 산책을 나가면 난 여유롭게 아침밥을 짓기로 했어. 식사 준비로 두 시간을 꽉 채우고 나면 아빠가 돌아와서 10시쯤 아침을 먹어.

"아침은 밥으로 먹어?"

— 응. 밥을 짓고 국물을 제대로 우린 된장국을 끓여. 그리고 장아찌랑 생선을 내. 아침에는 무조건 굽거나 조린 생선이야. 아빠한테는 땅콩 된장*도 주고.

"좋겠다. 내가 꿈꾸던 밥상인데." 나쓰코는 말했다. 본인 역시 그런 아침밥을 먹고 싶었다.

— 낫짱, 너도 시간 있으니까 할 수 있잖아! 아침에 밥을 지어 먹어봐.

"그렇긴 한데…… 밤에 노에치랑 먹을 때가 많아서 그때 밥을 안치거든. 남은 밥은 냉동하고."

나쓰코는 노에치와 만난 적이 있던 유코에게 사정을 설명했다. 오래전에 이 단지에서도 본 적이 있지만, 오 년 전쯤 가사마시로 출장을 가는 노에치에게 유코의 안내를 받으라며 서로 만나도록 주선한 적도 있었다.

그날 노에치가 찍은 사진을 본 나쓰코는 누가 유코인지 곧장 알아보지 못했다. 그렇게나 오래 만나지 않은 탓에 못 알아봤다고 나쓰코가 솔직하게 말했더니, 그 이후로 물건과 함께 사진도 보내주게 되었다.

— 그러면 넌 아침에 뭐 해 먹어?

이제는 사진으로 얼굴을 볼 수 있는 유코가 물었다.

"아침? NHK*의 아침 드라마를 보면서 먼저 토마토주스를 마셔. 그다음 채소를 채 썰어서 만든 초무침을 먹지.

---

* 일본 공영방송

그러고 나서 밥이나 빵을 먹는데, 빵에 버터는 안 바르고 모차렐라 치즈를 듬뿍 올려서 구워 먹어. 저녁에 붉은 쌀이랑 보리를 넣고 지은 밥이 남으면, 잔멸치랑 간장, 매실장아찌, 김, 가다랑어포, 껍질을 까서 삶은 풋콩이랑 깨를 섞어서 100그램씩 주먹밥으로 만들어서 냉동해 둬. 아침밥으로 먹을 땐 그걸 전자레인지에 데우고, 된장국이랑 최근에 직접 담근 누카즈케*를 곁들이지. 삶은 달걀이 있으면 그것도 먹고.”

— 그런 메뉴도 좋네. 건강식이잖아.

“응, 전에는 아침부터 단 빵을 먹었어. 잼을 바른 빵이나 초콜릿 롤빵 같은 거. 그런데 아침부터 단 걸 먹으니까 어쩐지 나른해지는 기분이라서 끊었어.”

— 아하, 그래서 매일 아침 드라마도 보는구나. 건강하게 사는 모습이 멋지네. 아침형 인간이 다 됐잖아.

“사실 그게, 낮에 재방송하는 걸 보는데.”

— 아, 그랬니?

수화기 너머로 유코가 웃었다.

나쓰코가 전화를 끊고 일단 상황을 살피러 갔더니, 노에치는 냉장고에 넣어둔 녹차를 꺼내 마시면서 잡지를 열심히 보고 있었다.

나쓰코는 선물 받은 접시에 사쿠마 아주머니가 준 딸기를 바로 담았다.

종지에 마요네즈를 덜고 시치미*를 뿌린 뒤 마사카도 센베이와 함께 노에치 앞으로 날랐다.

"이 과자는 이런 식으로 먹으면 맛있어."

시치미를 뿌린 마요네즈는 센베이 전용 소스였다. 간장 맛의 담백한 센베이를 찍어 먹으면 별미였다.

"이렇게 먹어봐! 맛있다니까."

나쓰코가 시범을 보였다.

"우와! 정말이네."

노에치도 똑같이 따라 먹었다. 그러더니 이상하다는 듯 나쓰코를 쳐다봤다.

"낫짱, 이제 아침에 단 빵 안 먹어? 그렇게 좋아하면서."

유코와의 대화가 들렸던 모양이다.

"윽."

아픈 곳을 찔린 나쓰코는 살짝 기가 죽었다. 노에치에게 솔직히 털어놓을지 고민하던 중이었다.

"사실은 얼마 전에 받은 건강검진에서 콜레스테롤 수치가 작년보다 높아졌다고 주의를 받았거든. 지금 굉장히 신경 쓰는 중이라서."

"왜 그런 걸 감추는 건데?"

"아직 그럴 나이는 아닌 것 같으니까."

"뭘 먹으면 콜레스테롤 수치가 높아지는 거지?"

나쓰코를 가만히 보던 노에치가 고개를 갸웃했다.

"가공육이라든가 컵라면, 단 빵, 케이크 같은 거."

나쓰코는 이어 말했다. "그리고 유제품이랑 치즈, 버터도. 달걀이랑 어란도 그렇고. 물론 어느 정도의 양이 문제겠지만."

"전부 네가 좋아하는 것들이네. 버터도 좋아하고 어란도 그렇고."

"어란은 그냥 먹으려고."

"그나저나 오늘만 해도 마쓰에서 핫케이크 두 장에 버터를 듬뿍 바르지 않았어?"

"그건…… 5가 붙은 날이니까."

"센베이에 마요네즈 찍어 먹는 건 괜찮고?"

"그렇게 먹는 방법을 알려주고 싶었어."

"아, 갑자기 누카즈케를 먹기 시작한 것도 설마 그거 때문이야?"

"뭐, 그런 셈이지."

"종일 집에만 있으면서 안 움직이는 것도 문제일걸."

나쓰코는 유치원 시절부터 알고 지낸 친구의 충고를 수긍했다.

"하지만 노에치, 너도 운동은 안 하잖아."

"난 대학까지 통근하니까."

"그런가."

나쓰코는 자리에서 일어나더니 업무용 책상으로 가서 혈액검사 수치가 적힌 종이를 가지고 돌아왔다.

"이거야."

노에치에게 숫자가 적힌 종이를 보여줬다.

"음, 확실히 좀 높긴 하네."

"응."

"근데 이 정도 나이가 되면 다들 그렇다고 하잖아."

"응…… 많기는 하지만."

그러더니 나쓰코는 종이 한 장을 더 건넸다.

"이건 뭐야?"

"내가 보게 될 주마등. 이제 죽을지도 모른다는 생각이 들어서. 죽기 직전에 내가 볼 법한 걸 그려봤어."

"이건 뭐…… 순 음식뿐이잖아."

"응. 지금까지 먹은 맛있었던 음식이 내 눈앞에서 빙글빙글 돌며 떠다니는 거야. 죽을 때 분명 그럴 것 같아. 그 라인업을 그려봤어."

"이건 고기만두?"

노에치는 나쓰코가 그린 일러스트를 손가락으로 가리켰다.

"기분식품*에서 나오는 고기 카레 만두야. 낱개 포장된 거."

"아, 그거 맛있지."

노에치는 반쯤 어이가 없다는 듯 웃고 있다. 콜레스테롤 수치 정도로 수선을 떤다고 생각하는지도 모른다. 물론 나쓰코가 이런 불안에 극단적으로 취약하다는 사실 또한 잘 알고 있었다.

"이건?"

•　　　일본 식품회사 브랜드

“다이사큐*의 머스크멜론 맛.”

“다이사큐?”

“노에치 너도 먹었잖아.”

“그랬나.”

“시즈오카의 다코만이라는 과자가게에서 파는 건데, 파이 사이에 크림을 바른 붓세**같은 거야. 마망***이나 나보나****에서 파는 과자 비슷한 거. 온라인 쇼핑몰에서 기간 한정으로 머스크멜론 맛을 팔았는데, 그거 굉장히 맛있었잖아.”

“아! 맞다, 먹었다!”

기억이 난 노에치가 말했다. “정신적 스트레스를 완화해 주는 ‘가바’가 들어 있다고 적혀 있던 과자 말이지.”

“맞아! 노에치 넌 늘 업무 스트레스에 시달리니까.”

“죄송하게 됐네요.”

“그런데 맛있었지. 그 후로 나 완전히 다코만 팬 됐잖아.”

- 시즈오카 과자 브랜드 ‘다코만’의 제품 중 하나. 스펀지 쿠키 사이에 다양한 맛의 크림을 바른 샌드형 디저트
- 부드러운 식감의 한입 크기 샌드형 디저트
- 앙금을 넣고 만든 빵과자 이름
- 화과자 판매점 브랜드

“그러게. ……이건?”

“벤마쓰˚에서 파는 풍미 깊은 조림.”

“이거는?”

“난고쿠슈카˚˚춘권 튀김.”

“이건?”

“명란구이.”

“어디 건데?”

“어디든 상관없어…… 그리고 역시 명란구이를 먹을 땐 밥도 있어야겠지.”

나쓰코는 김이 피어오르는 밥그릇의 일러스트를 직접 손가락으로 가리켰다.

“그건 단순히 좋아하는 메뉴일 뿐이잖아.”

노에치가 작게 콧방귀를 뀌며 말했다.

“상관없어. 이 세상을 떠날 때 그게 떠오르면 행복할 테니까.”

군밤, 새우튀김, 무라카미카이신도˚˚˚의 러시아 케이크˚˚˚˚

•　　　일본에서 가장 오래된 도시락 가게
••　　중화 요리점 브랜드
•••　양과자점 브랜드
••••두 번 구운 쿠키에 잼이나 크림, 초콜릿을 바르고 견과류를 올린 과자

등의 일러스트도 그려놓았다.

오래전부터 알고 지낸 탓인지, 아니면 나쓰코와 노에치의 내면이 제 나이에 맞게 성숙하지 않은 건지, 두 사람이 나누는 대화 내용은 십 대 시절과 별반 다를 바가 없었다.

음식 취향도 나이를 먹어가면서 소박해졌다기보다, 나쓰코의 경우 젊은 시절 그대로였다.

3

"낫짱! 콜레스테롤 수치가 신경 쓰이면 운동을 해야지. 같이 해줄게."

인도어파•인 노에치로서는 보기 드문 제안이어서 함께 밖에 나가기로 했다.

일단 우체국에 들러 오늘 팔린 상품을 발송한 뒤, 나쓰코는 노에치와 여름 채소를 심은 밭을 지나 커다란 도로를 건너 먼 공원까지 걸어갔다.

성인 대상의 운동기구가 설치된 공원이었다.

• 인도어indoor파는 외출이나 야외 활동보다 집에서 보내는 시간을 선호하는 사람을 가리키는 말로, 반대말은 아웃도어outdoor파이다.

보드의 눈금에 맞춰 보폭을 벌리는 다리 스트레칭과 쇠사슬로 연결된 링 운동 기구, 그 맞은편에는 철봉이 있었다.

이미 꽃이 진 왕벚나무 아래에서 초등학생으로 보이는 아이들이 모여 개미의 생태를 관찰하고 있었다.

삼단 높이의 철봉 중 나쓰코는 가장 낮은 쪽으로 폴짝 뛰어 매달렸다.

어떻게든 철봉을 붙든 채 지면에서 다리를 떼었다.

"장난 아닌데! 이거 진짜 힘들다! 내 몸무게 때문에 겨드랑이 밑이 찢어질 것 같아!"

10초 만에 손을 놔버리고 나쓰코는 지면으로 털썩 내려왔다.

"휴, 깜짝 놀랐네."

무의식중에 어깻숨을 내쉬는 나쓰코에게 노에치가 즐거운 듯 말했다.

"낫짱, 예전에는 철봉에 다리를 걸고 빙글빙글 돌곤 했잖아."

"그랬지. 지금은 안 믿어지지만."

나쓰코는 다시 한번 같은 높이의 철봉에 도전했다. 이번에는 좀 더 버티다가 12~13초쯤 만에 지면으로 내려왔다.

딱히 살이 찐 건 아닌데 근육이 어지간히도 줄어든 모양
이었다.

정말이지 겨드랑이 밑이 찢어질 듯한 통증이었다.

"노에치 너도 해봐."

"뭐? 싫어."

"빨리."

"싫대도."

"뭐야, 같이 해준다면서."

"함께 와줬잖아."

"진짜 장난 아니라니까! 해봐."

나쓰코는 재촉하며 자리를 양보했다. 평소 출근할 때
입는 몸에 딱 맞는 옷이 아닌, '소라짱'의 그림이 그려진 커
다란 티셔츠를 입은 노에치가 어쩔 수 없다는 듯 철봉 아
래에 섰다.

"나, 철봉 싫어하는데."

"잘 알지. 넌 철봉이든 뜀틀이든 서툴렀으니까. 체육이
라고 해야 하나."

오랜 추억을 떠올리며 나쓰코가 말했다. 아무리 기합
을 넣어도 절묘한 타이밍에 브레이크가 걸려서 마지막
순간마다 속도가 떨어지는 게 노에치의 운동 스타일이었

다. 철봉에 거꾸로 매달리는 건 불가능했고, 뜀틀도 상당히 낮은 단만 뛰어넘을 수 있었다.

"무서운 걸 어쩌라고. 노력해야 할 이유도 모르겠고."

특기는 공부, 운동은 젬병이던 노에치가 철봉을 쥐었다.

"핫!"

소리를 지른 뒤 다리를 지면에서 띄우더니, 역시나 원래부터 운동을 싫어하는 사람답게 노에치는 고작 2초 만에 중력에 항복했다.

오늘의 판매액

☐	토에이 만화 축제*『근육맨**』 교통안전 스티커	1,000엔
☐	피포군*** 핸드타월 가메아리 교통안전협회 (미사용)	600엔

오늘의 쇼핑

☐	마쓰의 핫케이크 (플레인 두 겹. 5가 붙은 날의 특별 할인가)	200엔
☐	홍차	500엔

---

* 애니메이션 제작사 토에이가 어린이 대상으로 방학 기간에 맞춰 제작·개봉한 만화영화
** キン肉マン, 1980년대의 TV 만화
*** ピーポくん, 일본 경찰청 마스코트 이름

수확하기 좋은 날

1

감, 배, 살구, 비파*, 매실…….

단지 안에는 열매를 맺는 나무가 무척 많았다.

대다수는 길가에 늘어서 있는데 나쓰코는 그 옆을 걷는 게 좋았다. 예전에는 그 정도까지는 아니었는데, 한번 단지를 떠났다가 돌아온 뒤로는 줄곧 부지 안에 그런 나무들이 있다는 사실이 호사스럽게 느껴졌다.

각 나무마다 철철이 열매가 자라나 부풀고 머지않아 예쁜 색으로 물들어 갔다.

나쓰코는 자주 걸음을 멈추고 그 모습을 바라봤다.

나이를 먹은 탓도 있었다. 어릴 때는 꽃과 나무에 금세

---

* 열매가 고대 악기 비파를 닮은 과일

정신이 팔린 소라짱이 걸음을 멈춘 채 꼼짝하지 않는 모습을 보며, 노에치와 늘 빨리 오라고 재촉하곤 했다.

등하굣길이든 근처 어딘가로 놀러 갔을 때든 마찬가지였다.

"비파다! 굉장한데!"

나쓰코는 3동 앞에 멈춰서더니 꽃송이처럼 가지에서 늘어진 주황색 열매를 가리켰다.

때마침 지금은 비파의 계절이었다.

"와, 진짜네."

함께 걷던 노에치는 마치 처음 알았다는 듯 신기한 표정으로 비파나무를 올려다봤다.

단지 안에 비파나무가 있는 곳은 여기 3동과 5동 앞뿐이었다.

그 3동의 4층까지 두 사람은 함께 계단을 올랐다.

2층을 지나 3층이 보이는 계단 근처에 이르자 둘 다 나란히 숨이 거칠어졌다. 겨우 4층에 도착해서 숨을 고른 뒤 나쓰코가 초인종을 눌렀다.

이름을 밝혔더니 용건을 말하기도 전에 소라짱의 엄마가 인터폰을 끄고 문을 열어줬다.

"아주머니! 소라짱 에코백을 가져왔어요."

나쓰코가 밝게 말했다.

"어머, 일부러 고맙구나. 노에짱도 왔네! 어서 들어오렴."

소라짱의 엄마가 들어오라며 손짓했다.

나쓰코가 뒤돌아 노에치를 봤더니 적극적으로 고개를 끄덕이길래, 어쩐지 예정이라도 한 것처럼 둘은 잠시 머물다 가기로 했다.

오랜만에 집까지 찾아온 두 사람을, 투명한 소라짱이 어서 들어가라며 등을 떠미는 듯했다.

나쓰코는 지난달 온라인 경매로 벌어들인 수입으로 '소라짱' 에코백을 하나 더 만들었다.

우연히 근처 슈퍼에서 소라짱의 엄마와 만난 일이 계기가 되었다.

"어머 낫짱, 귀여운 가방을 들었네."

당시 나쓰코가 들고 있던 에코백을 소라짱의 엄마가 칭찬해 주었다.

"이거 제가 만든 캐릭터인데요, 이름이 소라짱이에요."

"소라?"

"네, 소라짱을 모델로 그림책을 그릴 생각이거든요. 그 캐릭터 이름이 소라짱이에요."

캐릭터 이름의 글자를 한자와 가타카나로 구분해서 쓴다는 사실*은 전달되지 않은 것 같다고 생각한 나쓰코는 설명했다. "스토리는 노에치가 구상해 주기로 했는데, 아직이에요."

"세상에, 소라가 그림책 모델이 되는 거야? 멋지구나! 기대되는데! 완성되면 꼭 보여주렴."

"당연하죠! 완성하면 가장 먼저 들고 갈게요."

"그 그림이 소라짱이니?"

몸집이 아담한 소라짱의 엄마가 팔랑거리는 가벼운 에코백을 거듭 바라보며 미소 띤 얼굴로 말했다.

"좋구나, 나도 갖고 싶네."

"하나 더 만들 수 있어요."

"정말?"

"네! 만들어서 다음에 가져갈게요."

나쓰코는 그렇게 약속했다.

"비용은 얼마야?"

• 　모델이 된 친구 '소라'의 이름은 空라는 한자로 쓰고, 캐릭터 '소라'는 ソラ라는 가타카나로 표기한 것이다.

소라짱의 엄마는 얼음이 담긴 유리컵에 따른 가가보차*와 인근 케이크 가게의 살구잼이 들어간 붓세를 내오며 잊기 전에 돈을 주려는 듯 말을 꺼냈다.

그녀는 나쓰코가 건넨 새 에코백을 즉시 펼쳐서 다양한 포즈와 표정의 '소라짱'을 손가락으로 쓰다듬으며 감상했다.

"괜찮아요. 직접 만든 걸 인터넷으로 샀을 뿐인걸요. 신경 쓰지 마세요."

"그래도 만드는 데 돈이 들었을 거 아냐."

"별거 아니에요."

오리지널 굿즈의 제작비에 이윤을 붙여 판매하는 사이트였지만, 나쓰코는 자신과 노에치 두 사람의 것만 주문할 계획이었기에 정식 공개 없이 제작비 그대로 가격을 설정해 두었다. 오늘 들고 온 에코백도 같은 방법으로 가격을 책정했는데, 한 장이었던 터라 그리 큰 금액이 아니었다.

"정말 신경 쓰지 마세요."

"어떻게 그러니."

"그러면 이렇게 해요. 말이 안 되긴 하는데…… 아주머니,

•　　찻잎의 줄기를 말려서 볶아 만든 차

그건 제가 드리는 어버이날 선물이라고 생각해 주세요.”

나쓰코가 넉살 좋게 말했다.

“……어버이날은 지난 달이었잖아.”

노에치가 옆에서 가만히 중얼거렸다.

“아주머니, 그거 낫짱과 제가 드리는 어버이날 선물이에요.”

그러더니 불쑥 말을 거들었다.

“지난달에 아쓰 오빠한테 잡동사니를 받았는데 제법 비싼 값에 팔렸거든요. 그렇지, 낫짱?”

“맞아요, 데코이˚ 세 개에 10,000엔 넘는 가격에 팔렸다니까요! 그래서 그건 거저 만든 거나 다름없으니까 받아 주세요.”

데코이니 아쓰 오빠니 하는 말에 소라짱의 엄마는 살짝 영문을 모르겠다는 표정을 지었다.

“어버이날이라니…….”

일찍 딸을 잃은 그녀는 가슴이 먹먹해졌는지 잠시 머뭇거리다가 말을 이었다. “고맙구나.”

2

"데코이는 원래 미끼라는 뜻이래요. 아쓰 오빠 부인의 친정에 있던 건데, 이것저것 물건을 정리하면서 필요하면 가지라고 노에치한테 연락이 왔어요."

목각 오리 모형 세 개를 넘겨받은 나쓰코는 온라인 경매에 하나씩 출품했다.

"전부 깨끗하게 닦아야 했어요. 특히 이 주둥이가 녹색인 녀석이요. 귀여우니까 팔리지 않을까 기대하긴 했는데, 7,000엔에 낙찰된 거 있죠."

"어머, 대단한데."

나쓰코가 내민 스마트폰을 보면서 소라짱의 엄마가 감탄한 듯 말했다.

거래가 완료된 경매 화면도 보여주었다. 데코이 세 개를 합쳐 판매액이 10,000엔을 넘은 건 사실이었고, 그 결과에 기분이 좋아진 나쓰코는 세 건의 상품 발송이 끝난 뒤에도 한동안 데코이와 관련된 정보들을 이것저것 조사했다.

컴퓨터에 내장된 사전 《고지엔 제7판》에 따르면, '사냥에서 미끼로 사용하는 새의 모형. 장식품으로도 사용한다'라고 적혀 있었다.

이미지를 검색하면 그저 나무를 깎았을 뿐인 단순한 모형부터 색은 소박한데 세련된 모형, 부리와 머리, 날개를 예쁘게 색칠한 모형 등 다양한 데코이를 찾을 수 있었다.

아쓰 오빠한테 받은 데코이는 모두 부리와 날개에 밝은색이 칠해져 있었는데, 그중 나쓰코는 부리가 녹색인 모형이 마음에 들었다.

"이런 데코이를 강이나 연못에 놓아둔 뒤 동료가 있는 것처럼 꾸며서 새가 오면 저격하는 거래요. 잔인하지 않나요? 마치 아메리칸 뉴 시네마*의 보니와 클라이드** 같아요."

나쓰코는 소라짱의 엄마에게도 설명해 주었다.

영화 『우리에게 내일은 없다』의 마지막 장면에서 워렌 비티와 페이 더너웨이가 잠복하고 있던 경찰에게 총격당하는 모습과 오리 사냥을 동일시하는 건, 순전히 나쓰코의 취향이었다.

---

* 1960~1970년대에 제작되었던 미국 영화. 사회모순이나 현실 비판을 다룬 주제가 많았다.
** 1930년대 미국 대공황기를 떠들썩하게 했던 범죄자 커플이다. 두 사람의 실화를 바탕으로 영화 『우리에게 내일은 없다』(Bonnie and Clyde, 1967)가 제작되었다.

실제 어떤 식으로 사냥하는지는 나쓰코도 몰랐다.

"오타니 쇼헤이가 기르는 데코핀도 본명이 데코이래요."

노에치가 말을 이었다.

"그 귀여운 강아지 말이니?"

소라짱의 엄마가 되물었다. 역시 그런 화제 쪽에 귀가 솔깃한 듯했다.

"원래 이름이 데코이여서 데코핀으로 했다던데요."

"어머 정말?"

노에치가 월드베이스볼클래식(WBC) 대회를 열심히 보곤 했던 때가 작년쯤이었다. 나쓰코도 덩달아 보다가 마지막에는 함께 불타올랐다.

둘 다 평소 야구를 즐겨 보는 타입은 아니었는데, 오타니라든가 라스 눗바, 무라카미 같은 선수들도 어쩌다 보니 알게 되었다. 특히 그 뒤로도 여러 매스컴에서 오타니와 관련된 보도를 접할 때가 많았다. 개를 기른다든가, 결혼했다든가, 담당 통역사가 수십억 엔이나 써버렸다든가.

"데코이라는 견종이 있나? 아니면 예전 이름이 그거였다는 소린가? 어느 쪽인지 모르겠네."

나쓰코도 최근 이런저런 인터넷 뉴스를 읽다가 데코핀이라는 이름이 데코이에서 왔다는 사실을 안 것뿐이지만

(더군다나 데코이는 개인적으로 관심 있던 키워드여서 과하게 반응했다), 어느 기사에서도 그 이상 세세한 설명은 찾을 수 없었다.

어설프게 아는 상태였으므로 이번 기회에 확실히 알아두려고 나쓰코는 노에치에게 물었다.

"글쎄, 어느 쪽이려나."

이 부분은 노에치도 딱히 잘 아는 것 같지 않았다.

차가운 가가보차를 마시고 이웃의 소박한 과자 맛을 즐기면서 소라짱에 관한 옛 추억과 그림책 캐릭터 '소라짱' 이야기도 나눴다.

에코백에 인쇄된 그림을 손가락으로 가리키며 소라짱의 엄마는 "얘는 웃고 있네" "얘는 화난 표정이고" "여긴 무서워하는 표정이니?" 하고 말했다.

"귀엽구나"라든가 "저런, 울지 말렴"이라는 말도.

"노에치가 그림책 스토리는 자기한테 맡기라더니 아무리 기다려도 써줄 기미가 안 보여요."

일전에 슈퍼마켓에서 만났을 때도 이야기했던 불만을 나쓰코가 다시 끄집어냈다.

"노에짱은 소라처럼 느긋한 성격이구나."

다정한 아주머니가 미소로 노에치를 두둔했다.

“그러게요…… 맞아요. 난 소라짱 타입인가 봐요.”

뻔뻔스러운 노에치가 다시 어물쩍 넘어가려고 했다.

“아니라니까.”

나쓰코가 딱 잘라 말했다. “소라짱은 정말 느긋하고 다정한 애였지만, 노에치 넌 달라. 뭐랄까…… 예민늘보잖아.”

“예민늘보?”

소라짱의 엄마가 물었다.

“노에치 얘는 행동은 굼뜨면서 예민하거든요. 그러니 예민늘보죠. 이건 본인 입으로 한 말이에요. 이십 년쯤 전이었나. ‘나, 굼뜬데 예민하지 않아?’라는 거예요. 그 자리에 있던 모두가 크게 웃더니 그랬어요, 본인도 알고 있었냐며.”

“겸손 떠느라 그렇게 말한 것뿐인데. 다들 웃을 줄은 몰랐지.”

노에치가 인정하자, 나쓰코도 소라짱의 엄마도 웃었다.

근처에 새로 생긴 군고구마 과자점에 관한 이야기를 하다가 나쓰코는 이제 슬슬 일어나야겠다는 생각에 노에치와 눈을 맞췄다. 그런데 소라짱의 엄마가 가슴 앞에서 손뼉을 탁 치더니 말했다.

“아참! 너희들, 밑에서 비파 봤니?”

지금 기억해 내서 다행이라는 듯한 몸짓인지도 모른다.

"봤어요!"

"올해는 잔뜩 열렸더구나. 열매가 많이 달렸지?"

"그러게요."

"이제 우리 동에는 거주자가 얼마 없단다. 아무도 안 따니까 너희가 따가렴. 빨리 안 따면 새가 먹어버릴걸."

소라짱의 엄마가 말했다.

그러더니 두 사람이 돌아갈 때는 함께 계단을 내려와 밖까지 따라나섰다.

"굉장하지. 저렇게나 많이 열리다니."

아주머니는 비파나무를 손가락으로 가리키며 재차 말을 이었다. "그런데 위치가 저래서 접이식 사다리가 없으면 아무래도 따기 힘들 거야."

"접이식 사다리 있어요! 가져올게요."

이제는 단지 내 심부름꾼이라 자처해도 좋을 듯한 나쓰코가 즉시 대답하더니 서둘러 집으로 돌아갔다.

나쓰코는 접이식 사다리를 가지러 간 김에 플라스틱 양동이와 목장갑, 원예용 가위와 손잡이가 달린 비닐봉지 여러 장을 들고왔다. 가지가 휠 만큼 열매가 달린 비파나무 아래에서 소라짱의 엄마와 노에치가 담소를 나누고 있었다.

3

3동에서 돌아오는 길, 늘 그렇듯 공동 텃밭에 사쿠마 아주머니가 있었다.

발밑에 둔 슈퍼마켓 봉지에는 꽃이 담긴 포트가 한가득이었다.

"옮겨 심으시는 거예요?"

나쓰코가 물었다.

"응, 저쪽에 또 꽃을 갖다뒀길래. 이것저것 데려왔어."

사쿠마 아주머니가 말했다.

저쪽이란 근처에 있는 조경 사무실로, 몇 달에 한 번씩 건물 앞에 '자유롭게 가져가세요'라는 안내문을 내걸고 화초를 잔뜩 진열해 두었다.

한번은 업자를 발견한 아주머니가 화초에 관해 물었더니, 단골손님이 정원의 꽃을 정기적으로 바꿔 심는데 그곳에서 가져온 꽃이라고 했다.

좀 시들긴 했어도 아직 꽃이 피어 있는데 그냥 버리기엔 아까웠다고 한다.

어쩐지 외면하기 힘든 마음도 있었다고.

그리하여 이웃에게 나눠주며 잠시라도 꽃을 즐기길 바라는 마음에 각각 자그마한 포트에 담아 진열해 둔다는 말을 듣고, 감격한 아주머니는 스스럼없이 들고 오게 되었다고 말했다.

나쓰코가 그 이야기를 들은 지도 상당히 오래전이었다. 확실히 텃밭치고는 다양한 꽃들이 빈 곳에 피어 있어서인지 눈이 늘 즐거웠다.

개중에는 처음 보는 듯한 진귀한 꽃도 있었다.

"낫짱, 그거 비파니?"

막 발견했는지 사쿠마 아주머니가 물었다.

나쓰코가 플라스틱 양동이를 들고 노에치는 접이식 사다리를 옮기는 중이었다.

"3동에서 땄어요. 노에치랑 소라짱 어머니랑 지금 수확했죠. 잔뜩 땄으니 다 같이 나누려고요. 아주머니께도 드릴게요."

"어머나 기뻐라. 동에 열매를 딸 수 있는 나무가 있으니까 이득이네."

"우리 동 앞에도 매실이 있잖아요."

"그렇긴 하지."

한결같이 예쁜 꽃을 심어 돌보는 사쿠마 아주머니가 말했다.

"옮겨 심는 거 도울게요."
오늘은 원예의 날이라는 듯 나쓰코가 말을 건넸다.
"아유, 고마워라."
사쿠마 아주머니가 기뻐했다.
"나 화장실 좀 다녀올게."
노에치가 본인 집이 아닌 나쓰코의 집 쪽을 가리키며 말했다. 나쓰코가 집 열쇠를 건네주니, 가는 김에 접이식 사다리를 두고 다시 돌아오겠다고 했다. 그런 노에치에게 나쓰코는 삽이 있는 곳을 알려주며 가져다 달라고 부탁했다.
"이 근방에 심을까 하는데."
"좋네요."
우선 목장갑만 고쳐 낀 채 나쓰코는 아주머니 옆에서 모종 용기를 건네는 역할을 맡았다.
쭈그리고 앉아 흙을 파내면서 사쿠마 아주머니는 다시 콧노래를 흥얼거렸다. 작업하는 게 늘 즐거운 듯했다.
"무슨 노래예요?"

“아, 이거? 샹송이란다. 「그는 열여덟 살이었어」라는 노래
야.”

아주머니가 노래를 절반 가까이 부르면서 ‘열여덟의
그’라고 말하는 가사를 흥얼거렸다.

“어머, ‘열여덟의 그’라니, 어리네요. 첫사랑일까요?”

“아냐, 연하 애인의 노래야.”

아주머니는 말을 이었다. “연하 애인한테 반해서 사랑
받고 농락당하다 헤어진 뒤 허풍을 떠는 노래지. 우리 남
편은 말이야, 코시지 후부키의 노래를 부르곤 했단다.”

“아주머니 남편분은 연하셨어요?”

“아냐, 그이는 세 살 위였고 그 전 남자 친구도 한 살
위였어. 그 전이라기보단, 어느 쪽이랑 결혼할지 정말 막
판까지 고민했지. 다 추억이야.”

“그거 양다리잖아요.”

“어머, 그런가? 맞네, 지금까지 몰랐어!”

사쿠마 아주머니는 즐거운 듯 웃더니 주위를 살짝 의
식한 듯 목소리를 낮췄다.

“요즘 내가 재즈 가수를 연모하고 있는데…… 그 사람
이 연하야.”

“재즈 가수라면 누군데요? 유명한 사람이에요?”

"도심에 있는 재즈클럽에서 노래하는 사람인데, 근사해. 최근에 친구 따라 간 적이 있단다. 라이브 공연을 할 때마다 늘 여자 팬들이 가득해!"

"우와……."

나쓰코는 사쿠마 아주머니의 뜻밖의 취미에 감탄했다. "그 사람 젊어요? 설마 열여덟 살은 아니죠?"

"그럴 리가 있니. 몇 살이려나. 마흔 몇 살쯤 됐던가."

"그래도 아주머니보다 두 띠 이상 어리잖아요."

"맞아! 젊고 멋진 사람이지. 노래도 진짜 잘 불러. 그래서 내가 물어봤어. 연상의 여자는 어떠냐고 말이야."

"그거 성희롱 아니에요?"

무심코 나쓰코가 물었다. "그런 말은 어디에서 하셨는데요?"

"노래가 다 끝나면 모든 테이블을 돌거든. 그때 말했지. 당신이 너무 멋져서 난 스토커가 될지도 모른다고. 그랬더니 그가 뭐라고 했게?"

성희롱 운운에도 대꾸 없이 사쿠마 아주머니는 좋아하는 멜로디를 흥얼거리듯 황홀한 표정으로 말을 이었다. "'이렇게 귀여운 스토커라면 대환영이죠'라는 거야! 어때? 어떻게 생각해?"

"그건…… 로맨스 사기 같은 거 아닐까요?"

어느새 돌아와 고개를 끄덕이며 옆에서 이야기를 듣고 있던 노에치가 말했다.

"로맨스 사기?"

"그 뒤로 그 사람과 문자를 자주 주고받고 있지 않나요?"

"맞아. 늘 라이브에 오라고 말해주는 걸. 나도 간간이 답장하면서 즐겁게 연락하고 있지."

"음, 위험한데요. 그런 식으로 연락하면서 서서히 친해졌다는 기분이 들게 한 다음, 연인이나 약혼자가 된 것처럼 착각하게 만드는 거라고요. 그러다가 갑자기 라이브가 중지되었다든가, 음반 제작비가 든다든가, 카네기홀에 출연한 유명 피아니스트에게 편곡을 부탁하고 싶다든가, 이런저런 이유로 돈을 요구하는 거죠. 만약 그렇게 되면 속아 넘어갈 게 빤해요."

낭만이라고는 전혀 없는 노에치의 말에 사쿠마 아주머니는 대꾸했다.

"나, 속아도 좋아."

노에치와 나쓰코는 꽃을 옮겨 심는 일을 도운 뒤 3동

에서 따온 비파를 나눠주고 슬슬 돌아가기로 했다.

"이거, 토마토 가져가렴! 너무 더워서 살짝 터지긴 했지만."

아주머니가 주렁주렁 달린 방울토마토를 나눠줬다.

"이게 루비노토마토*, 이건 트윙클토마토**란다. 하마터면 잊어버릴 뻔했네."

사쿠마 아주머니가 말했다. "갈수록 더 깜빡깜빡한다니까. 방금 생각하던 것도 뭐였더라, 뭔가 꼭 하려고 했는데, 하는 게 일상이야."

"저희도 그래요. 일부러 알람까지 맞춰 일어났으면서 아침 드라마 보는 걸 잊어버리기도 해요."

나쓰코가 거들었다.

"난 안경이 곧잘 사라져."

노에치가 말했다. "정말 몇 개가 사라졌나 몰라. 소라짱이 숨기기라도 하는 건가."

"소라짱은 그런 짓 안 해."

나쓰코는 최근 들어 뭐든 소라짱의 탓으로 돌리는 노

---

* 루비처럼 붉고 윤기가 나는 방울토마토 품종
** 열매가 포도송이처럼 맺히는 당도가 높은 방울토마토 품종

에치를 재빨리 나무랐다.

대화를 듣고 있던 아주머니가 "풋" 하고 짧게 웃더니 묘하게 진지한 투로 말했다.

"이 나이쯤 되고 보니, 사이좋은 모습들만 봐도 왠지 눈물이 나려는 거 있지."

"아주머니, 역시 위험하다니까요. 로맨스 사기 말이에요."

노에치가 걱정스러운 듯 주의를 줬다. "조심하세요."

"앞으로 오륙 년쯤 지나면 은퇴한 사쿠마 아주머니 대신 네가 저 텃밭을 관리하고 있을 것 같아."

나쓰코의 집으로 함께 걸어가던 노에치가 말했다.

"오 년 만에 아주머니가 그만두실 리 없지."

"십 년 뒤에는?"

"그때도 하고 계실걸."

"그러면 둘이 같이하는 거 아냐? 내후년쯤부터."

"텃밭 좋지. 역시 자급자족하는 삶을 꿈꾸고 있으니까."

오늘은 단지 안을 걷다가 비파와 토마토를 얻었다.

나쓰코는 만족스러웠다.

4

집에 돌아와 조금 쉰 뒤 나쓰코는 오늘의 본업을 시작했다.

일요일에 세타가야구에서 열리는 북 플리마켓 출점을 위해 준비 중이었다.

사실 작년에 이어 두 번째 출점이라 대략적인 규모나 분위기, 상품 반입 방법은 알고 있었다.

나쓰코가 직접 그린 가게 간판과 피오피(POP)는 잘 보관해 두었고, 당시 팔고 남은 책도 가지고 있었다.

백화점 이벤트 행사장에서 열리는 북 플리마켓이었다.

당초 나쓰코가 제멋대로 상상했던 것보다 손님의 취향은 가벼운 편이었다. 평소 중고 서점에 붙어 살면서 희귀서적을 사 모으는 타입보다, 쇼핑하는 김에 어떤 이벤트인지 잠시 구경하러 온 손님이 많은 느낌이었다.

그래도 책을 좋아하지 않는다면 그런 행사장에 굳이 들르지는 않을 것이다. 나쓰코는 이왕 들르는 거라면 싼값에 좋은 물건을 데려갔으면 하는 마음에 작년에 팔고 남은 것과는 장르가 다르면서 잘 팔릴 만한 책을 골랐다.

취미로 모았던 요리책이나 인테리어 무크지 따위였다.

그래서인지 취향을 타는 만화책은 조금 줄이기로 했다.

출품할 물건을 재차 닦고 검수한 뒤 가격을 매겼다.

희귀한 만화책이나 잡지는 랩으로 포장한 뒤, 500엔, 1,000엔, 1,500엔이라고 써서 각각 소라짱의 일러스트가 그려진 가격표를 붙였다.

나머지는 100엔으로 균일가를 해도 충분했다.

"낫짱, 잔돈도 준비해 둬야지."

노에치의 센스 있는 조언에 나쓰코는 "응" 하고 대답했다. 물론 플리마켓에서 물건을 팔 예정이니 그걸 잊을 만큼 어리바리하지는 않았다. 주말 전에 은행에 가서 환전할 생각이었다.

"노에치, 혹시 100엔짜리 동전 많이 모아뒀어?"

나쓰코는 문득 생각나서 물었다. 그걸 어필할 의도였는지도 모른다. "아직도 해? 하루에 100엔씩 저금하는 거."

"그럼."

일 년 반쯤 전에 베스트셀러 소설을 원작으로 한 심야 드라마를 보면서 감명받은 노에치는, 등장인물의 습관을 그대로 실천하기로 마음먹었다. 하루에 100엔씩 모으면 한 달에 3,000엔인데, 그 돈을 어떻게 사용하느냐에 따라 인생이 바뀐다는 이야기였다.

"꽤 모았겠네?"

“당연하지. 저번 밸런타인데이 때 네가 준 포켓몬 초콜릿 틴케이스 안에 모으는 중인데, 100엔짜리가 쌓이면 지폐로 환전해. 그리고 남은 동전을 넣어두면서 늘 100엔짜리가 떨어지지 않도록 하고 있어.”

“뭐?”

“환전해서 한 번 밖으로 꺼낸 동전으로 다시 저금한다니까. 다시 말해서 100엔짜리를 재사용한달까? 재활용이라고 해야 하나?”

“뭔 말인지 모르겠네. 그러니까 틴케이스에는 지폐가 들어있단 소리야?”

“100엔짜리도 잔뜩 들어있지. 지폐도 몇만 엔쯤 있을걸.”

“몇만 엔? 굉장한데! 그건 어디에 쓰려고?”

“글쎄. 지금은 아직 정한 게 없어서. 월말이나 돈이 궁할 때 종종 조금씩 빌려 쓰고 있어.”

“무슨 말이야?”

나쓰코는 되물었다. 상당히 기묘한 이야기를 들은 기분이었다. “빌린다니…… 그거 네 돈이잖아.”

“음. 내 돈이기도 하고 아니기도 하달까.”

“뭔 소린지 통 모르겠네.”

나쓰코는 고개를 저었다.

“거기에 넣은 이상, 이미 저금한 거잖아. 멋대로 손을 댈 수 없다는 뜻이지. 돈을 빌릴 때도 날짜와 금액을 적어서 제대로 차용증을 넣어둬. 곧장 돈을 되돌려놓기도 하고.”

“그렇게 하기로 정했다는 거구나.”

“맞아.”

노에치의 설명을 들은 뒤에야 나쓰코는 이해할 수 있었다.

“그러면 100엔짜리는 준비할 수 있어?”

“당연하지. 얼마나 필요해?”

“3,000엔 정도 바꾸고 싶은데.”

“알았어, 3,000엔이란 말이지.”

노에치가 말했다.

5

“잊기 전에 잔돈 들고 왔어.”

토요일이 되자 노에치는 닛신 치킨 라면의 캐릭터인 병아리 그림이 그려진 원형 밀폐 용기를 들고 찾아왔다.

드디어 북 플리마켓 전날이었다.

나쓰코는 안을 꼼꼼히 확인한 뒤 1,000엔짜리 지폐를 세 장 건넸다.

지폐는 은행에서 제대로 환전해 둔 상태였다.

"노에치, 그거 알아? 로손°의 점보 챌린지."

나쓰코는 일단 스마트폰을 보여줬다. 6월이 창립 기념의 달인 로손에서, 평소 판매하는 식품 메뉴를 같은 가격에서 용량을 늘려 제공하는 행사를 진행 중이었다.

바스크풍 치즈케이크와 소고기가 들어간 카레 빵, 프리미엄 롤 케이크 등 식품들의 총중량을 47퍼센트 늘려서 판매하는 것이었다.

햄샌드위치는 햄을 47퍼센트 증량.

달걀샌드위치는 달걀 샐러드를 47퍼센트 증량.

냉커피와 몇몇 주먹밥, 그리고 닭튀김도 증량.

그중 나쓰코의 관심을 끈 메뉴는 '신주쿠 나카무라야 감수 돈가스 카레(돈가스 한 장 증량)'였다.

평소에는 한 장인 돈가스를 두 장 넣어주는 것이었다. 그렇게 두툼해진 돈가스 카레 사진을 노에치에게 보여주며 나쓰코가 제안했다.

"이거 굉장하지 않아? 가격은 그대로래! 나중에 사러

가자. 둘이 먹으면 딱 좋겠지?”

일단 사진에서 느껴지는 임팩트에 “우와” 하고 감탄하면서도 노에치는 불쑥 거북한 이야기를 꺼냈다.

“낫짱, 건강검진 결과가 신경 쓰인다면서? 콜레스테롤 수치가 높잖아.”

“그래도 요즘은 매일 소박하게 먹고 있어. 다음 주부터는 다시 절밥으로 먹을 거고……”

“내일 플리마켓 끝나면 뒤풀이도 할 거 아냐.”

나쓰코는 잠시 고민하더니 로손의 ‘점보 챌린지’ 참가는 일단 단념하기로 했다.

“알았어. 다음 주에 갈게.”

“그러는 게 좋겠어.”

“그런데 노에치, 뭐든 너무 깊이 생각하면 계속 이어가기 힘들어져.”

“왜 내가 잔소리를 들어야 하는데!”

역시나 불합리하다고 생각했는지 노에치가 씩씩거리며 말을 이었다. “내가 ‘예민늘보’면 낫짱 넌 ‘엉터리박사’야.”

“아닌데! 난 막무가내 예민보스인데.”

“그게 뭐야.” 당당히 주장하는 나쓰코를 보며 노에치가 웃었다.

결국 쇼핑은 그만두고 두 사람은 인터넷 방송으로 쿠도 칸쿠로의 드라마를 보면서 북 플리마켓을 준비했다.

냉동 택배로 주문한 시즈오카의 '아마카라 당고'(미타라시 당고* 안에 팥이 들어 있다)를 간식으로 먹으며 불현듯 떠오른 옛 남자 친구를 안주 삼아 가볍게 뒷담화한 뒤, 다음 날 판매할 물건을 모아 운반용 봉투에 담았다.

뚝배기로 지은 오곡밥에 오이와 무, 양하의 누카즈케를 곁들이고 시로미소**에 절인 냉동 삼치를 구워 저녁으로 먹었다.

"아침에 바로 나갈 수 있게 지금 차에 짐을 실어두자."

인터넷으로 드라마를 한번 보기 시작하면 좀처럼 그만둘 수 없었다. 어느덧 밤 11시가 되어 있었다.

"그럴까."

"차 열쇠는?"

"아, 갖고 있어."

각자 양손에 짐을 들고 단지 안 주차장까지 걸었다.

•   쌀가루로 만든 경단을 꼬치에 꽂아 겉을 살짝 구운 뒤 달고 짠 걸쭉한 소스를 바른 음식

••   콩보다 쌀 누룩을 더 많이 넣어 만든 흰 된장

늘 얻어 타는 노에치 아빠의 경차에 짐을 실어 천으로 덮어둔 뒤 집 앞으로 되돌아왔다.

"낫짱, 이제 씻고 잘 거야?"

"음, 작년에도 판매했던 종이류 세트를 만들까 해."

나쓰코는 이제까지 모은 종이류와 추억의 캐릭터가 그려진 메모지와 스티커, 만화 디자인의 미니 편지지, 쇼와 레트로°풍의 오색무늬 색종이 따위를 조금씩 모아 포장한 뒤 세트당 100엔에 판 적이 있었다.

다섯 세트를 만들어 갔는데 금세 다 팔려서 올해는 좀 더 많이 만들 생각이었다. 100엔이라는 가격도 너무 저렴한 것 같았다.

"몸을 혹사하면서까지 만들지는 마. 일찍 안 자면 못 일어날걸."

노에치가 갑자기 저주의 말을 입에 올렸다.

"뭐야."

나쓰코가 얼굴을 빤히 쳐다보자, 노에치는 좀 머쓱해진 눈치였다.

•   1926년 12월 25일부터 1989년 1월 7일까지를 이르는 쇼와 시대 중, 1970~1980 년대 사이의 문화나 디자인이 유행하는 현상

"일어날 수 있어. 낫짱은 일어날 수 있다!"

엉터리 최면술사처럼 중얼거리더니 "내일 봐" 하고 손을 흔들었다.

본인 집 동으로 향하는 노에치의 평온한 등을 잠시 배웅하다가 나쓰코는 집에 돌아왔다.

그리고 서둘러 샤워하고 잘 준비를 마친 뒤 마지막 상품을 만들기 시작했다.

올해에는 편지지 두 장에 봉투 한 장을 넣은 편지 세트도 포함하기로 했다. 판매가는 200엔으로 책정했다.

무늬가 겹치지 않도록 능숙하게 조합해 나갔다.

그런 작업을 하다 보니 어느새 아침이었다.

서둘러 이불 속에 들어갔지만 이미 잠은 달아난 뒤였다.

아까의 저주의 말이 귀에 메아리쳤다.

— 상품 준비가 이제 끝나서 외출은 못 할 것 같아.

일찌감치 노에치에게 문자를 보냈다.

— 물건 건네줄 테니까 9시 반에 가지러 와.

나쓰코의 오랜 친구이자 책벌레에 문학 마니아인, 집도 잘사는 아사노가 현장에서 상품 반입과 판매를 도와줄 예정이기는 했다.

이벤트 회장에 상품을 반입하는 시간은 10시부터였다.

10시 45분에 주최 측에서 인사를 마치면 오전 11시부터 북 플리마켓이 열린다.

정각 9시 반에 짐을 가지러 온 노에치에게, 밤새 매달려 만든 종이류 세트와 잔돈이 담긴 동전 상자, 장식에 쓸 얇은 종이와 도화지, 사인펜을 건넸다.

"다녀올게." 손을 들며 속삭이듯 인사하는 노에치에게 나쓰코도 작은 목소리로 대꾸하며 손을 들었다. "잘 부탁해."

그 말뿐이었다.

잠옷 차림의 나쓰코는 상당히 졸린 얼굴이었다.

오후에 잠시 잠이 깬 나쓰코는 스마트폰을 확인했다.

─ 나카자와 씨가 와줬어!

인기 삽화가인 나카자와가 북 플리마켓에 일부러 찾아와 주었는지, 그가 상큼하게 웃는 사진을 노에치가 문자로 보내왔다.

─ 점주는 오늘 준비하느라 완전히 탈진해서 불참했다고 말했더니, 나카자와 씨가 걱정하더라. 그리고 다음에 또 놀자고 했어. 다른 가게도 둘러보면서 그림책을 잔뜩 사가던데.

─ 그래.

나쓰코는 간단히 답장한 뒤 다시 잠들었다.

나중에 다시 눈을 떴을 때는 오후 5시가 지난 뒤였다. 북 플리마켓은 무사히 끝난 듯했다.

뒷정리하는 아사노의 사진이 와 있었다.

— 좀 팔렸어?

나쓰코가 물었다.

— 꽤 나갔어.

노에치의 답장에 나쓰코는 한시름 놨다.

— 종이류 세트는 반응이 어땠어?

— 10개인가 11개 팔렸어.

— 절반 팔았네. 너무 많이 만들었나 봐.

나쓰코는 밤새 매달려 아침까지 스무 개 세트를 준비했었다.

— 그런데 작년에도 와서 샀다는 여자 손님이 있었어. 올해도 있다고 굉장히 기뻐하길래, 포장한 장본인은 탈진해서 결석이라고 알려줬더니 고맙다고 전해달래.

— 감사.

— 그리고 초등학생 여자애가 모든 봉투를 뒤집어서 살펴보더라.

— 내용물이 전부 다르니까.

— 안팎을 전부 확인하더니 한참 고민하다가 "이거 주세요"라며 하나 샀어. 열 살쯤 된 아이였는데, 어쩐지 어린 시절의 널 보는 것 같았지. 지금도 거의 그대로긴 하지만. 재미있었어.

— 그런 애는 꼭 있으니까.

나쓰코는 자신의 취향이 그 여자애에게 제대로 전달된 것 같아서 기뻤다.

— 이제 아사노랑 같이 밥 먹으러 갈 건데, 어쩔래? 낫짱 너도 올 거면 일단 차 끌고 단지로 돌아갈게.

— 오늘은 눈이 핑핑 돌아서 빠질게.

— 알았어.

— 미안해. 아사노한테도 고맙다고 잘 전해줘.

— 그래.

나쓰코는 자신의 불안정한 기분쯤은 이제 아무렇지 않게 받아주는 노에치와 문자를 주고받은 뒤 대화를 일단락했다.

아사노와 노에치에게 사과의 뜻을 담아 달달한 간식이라도 선물하려고 나쓰코는 온라인 쇼핑몰을 탐색하기 시작했다.

오늘의 판매액

☐ 헌책(15권)	4,700엔
☐ 종이류 세트(200엔×11봉지)	2,200엔

오늘의 쇼핑

☐ 북 플리마켓 출점료	1,000엔
☐ 도조스쿠이 만주* (온라인 쇼핑/ 12개들이 2,100엔×2)	4,200엔

---

* 앙금이 든 화과자 브랜드

잠깐 나가볼까

1

장마가 그친 뒤 얼마 지나지 않은 더운 날, 나쓰코는 노에치의 차를 타고 멀리 나갔다.

멀리라고 해봤자 차멀미가 있는 나쓰코 기준이라, 길이 막히지 않는다면 삼십 분 정도 걸리는 거리였다.

이타바시에 있는 그린홀*에서 열리는 프로레슬링을 보러 가는 중이었다.

"티켓 있는데 갈래?"

아사노의 제안이었다.

흔쾌히 가겠다고 대답했을 때만 해도 괜찮았는데 장

------

*   Green Hall, 지자체나 대학 등에서 운영하는 공공문화시설. 공연장, 회의실, 강연 등에 이용되는 다목적 홀

마가 끝나니 무자비하게 날이 더워졌다.

한낮의 최고 기온이 35도에 육박하는 날들이 이어지고 있었다.

약속이고 뭐고 역시 나가고 싶지 않다고 하루에도 몇 번씩 생각하면서도 결국 약속을 취소하지 않은 건, 아사노에게 지난달 북 플리마켓에서 신세를 진 탓이었다.

나쓰코는 점주인데도 행사장에 가지 않은 데다 뒤풀이에도 합류하지 않았다.

미안한 마음에 인터넷을 검색하다 찾아낸 명과 '도조스쿠이 만주'를 주문했는데 아직도 전하지 못하고 있었다.

과자 보존 기한이 90일인가 100일 정도로 길다고는 해도 슬슬 전해주는 편이 좋을 듯했다.

마찬가지로 신세를 진 노에치에게는 진작 만주를 건네줬고 나쓰코의 집에서 함께 먹었다.

퇴근하고 온 노에치는 평소처럼 나쓰코의 집에 들러 그날의 넋두리를 하면서 게걸스레 밥을 먹었다.

"맛있다. 역시 낫짱이 해주는 밥이 최고라니까! 또 과식해 버렸잖아! 살찌겠네!"

제멋대로 불평을 늘어놓으면서 다시 미소를 되찾은 노

에치는, 바다사자처럼 편하게 축 늘어져 꼼짝도 하지 않았다. 그 모습을 곁눈질로 보면서 나쓰코는 후다닥 식기를 정리한 뒤 시즈오카산 품질 좋은 차를 끓인 뒤 과자 상자와 함께 내밀었다.

"이거 받아. 북 플리마켓의 보답이야."

노에치는 그 자리에서 상자를 열었다.

홋토코* 모양의 만주였다.

만주는 비닐로 개별 포장되어 있었는데, 가운데가 투명하고 테두리엔 물방울무늬가 찍혀 있었다. 마치 입을 삐죽 내민 홋토코가 물방울무늬 손수건으로 뺨을 감싼 것처럼 보였다.

"귀여워!"

둘이 이구동성으로 외쳤다.

온라인 쇼핑몰에서 발견하자마자 귀여운 외관에 끌려 그 자리에서 구매해 버린 탓에 맛은 보장하기 힘들었는데, 노에치와 그 자리에서 먹어보니 상당히 맛있었다.

밀가루 반죽을 구워 만든 피 안에 흰 앙금이 들어 있었다.

나쓰코가 좋아하는 맛이었다.

• 　　입을 삐죽 내민 익살스러운 표정의 가면

"어쩐지 그리운 맛이네."

나쓰코는 고개를 살짝 끄덕이며 느낀 대로 말했다. "약간 히요코* 같기도 하고."

"맞아! 역시 낫짱이라니까."

노에치도 웃으며 고개를 끄덕였다.

"밧치 구—. 굿치 바—.**"

손으로 만든 오케이 사인을 얼굴 옆에서 휙 뒤집었다.

이 표현은 요즘 둘 사이에서 유행하는 개그였다.

나쓰코가 주문한 '도조스쿠이 만주'는 전부 흰 앙금이 든 쪽이었지만, 겉은 똑같이 횻토코 모양인데 안에 팥소가 있는 것과 녹차 맛, 밀크초콜릿, 딸기, 배 등등 맛이 다양해서 다음에 또 주문해 볼 생각이었다.

"그나저나 배 맛은 왜 넣은 걸까. 단맛이 덜할 것 같은데."

나쓰코가 맛 선택에 의문을 품으며 말했다.

---

* 백 년 이상의 역사를 이어오고 있는 제과 회사 '히요코'의 대표 명과로, 병아리 모양의 만주

** 개그맨 이와이 조니오의 유행어로, '밧치 구'는 '완벽하게 좋다'라는 뜻이고, '굿치 바'는 '밧치 구'를 거꾸로 읽으면서 '완전히 별로다'라는 반대의 뜻으로 사용했다.

"돗토리의 대표 과일이 '20세기 배'니까 넣었겠지."

가장 좋아하는 과일은 감이자 은은한 단맛을 좋아하는 노에치가 대답했다. "도조스쿠이는 시마네현의 민속춤이지만, 이 과자는 산인** 지역 걸로 치는 건가? 포장지에 '산인명과'라고 적혀 있던데."

"그러게. 진짜네."

포장지를 확인한 뒤에야 나쓰코는 수긍했다. "처음에는 '게게게의 기타로***' 과자를 찾고 있었거든. 그러다 사카이미나토시 기념품을 파는 온라인몰에서 이 만주를 발견했어."

"돗토리현에 있는 도시를 말하는 거지?"

"아, 맞습니다, 선생님."

그날은 시즈오카산 차에 흰 앙금이 든 도조스쿠이 만주를 곁들여 먹으며, 녹화해 둔 BS**** 채널의 거리 탐방 프로그램 『조니오의 어슬렁어슬렁 쇼와*****』를 봤다.

------

* 연녹색 껍질에 부드러운 과육과 산뜻한 단맛이 특징인 배 품종
** 山陰, 돗토리현과 시마네현을 가리킨다.
*** 《ゲゲゲの鬼太郎》, 요괴를 소재로 한 일본 만화
**** 일본 공영방송인 NHK의 위성 채널
***** 일본 전역에서 여전히 쇼와 시대의 문화가 남아 있는 장소를 이와이 조니오가 찾아가 취재하는 기행 프로그램

두 사람은 쇼와 모습을 찾아 거리를 걷는 개그맨 이와이 조니오의 '오일 쇼크*!' 포즈를 함께 따라 하기도 했다.

최근 즐겨 보게 된 삼십 분짜리 방송인데 거리 탐방 프로그램치고는 진행자가 거의 물건을 사지 않고 주문도 안 한다는 점이 특징이었다.

"조니오는 정말 아무것도 안 사네. 거의 먹지도 않고 말이야."

노에치가 재미있다는 듯 말했다.

예전에 신주쿠 방문 편에서는, 유명한 중화요리점 '난고쿠슈카'에서 오너인지 지배인인지 하는 사람에게 이야기를 청해 들으면서도 요리를 전혀 주문하지 않아 나쓰코와 노에치 둘 다 경악한 적도 있었다.

"프로그램 예산이 적은 건가."

"그러게."

두 사람은 그렇게 결론 내렸다.

"카지하라 젠이었다면 자기 돈으로 다 샀을걸."

BS의 다른 취재 프로그램 『빌딩을 어슬렁! 레트로 건물

탐방』도 같이 시청하고 있었는데, 안내 역할을 맡은 배우 카지하라 젠이 쇼핑하는 스타일과도 비교되었다.

그 차이는 어마어마했다.

매회 역사 깊은 건물을 찾아가 탐방하면서, 그 안에 있는 점포에서 마음에 든 물건이나 서비스를 발견하면 일단 소개부터 했다. 그뿐만 아니라 카지하라 젠이 "나, 이거 사야겠어"라고 말하며 딱 봐도 사비로 구매하는 모습이 나오는 데다, 취재했던 가게를 며칠 뒤에 개인적으로 다시 찾아갔다는 후문까지 들려왔다.

오래전 미타니 코키의 연극과 드라마를 즐겨본 덕분에 그의 성을 카지와라가 아니라 '카지하라'라고 발음한다는 사실은 알고 있었지만(발음을 일일이 수정한다는 에피소드가 있었다), 그가 젊은 시절 의상 디자인을 공부했으며 피부 미용이나 시술에 관심이 많아서 적극적으로 체험하고 싶어 한다는 건 이 프로그램을 보고 처음 알았다.

마찬가지로 나쓰코와 노에치는 어느새 이와이 조니오에 대해서도 자세히 알게 되었다. 타모리*의 운전기사였다든가(이 사실은 알고 있었다) 빈티지 패션을 좋아한다

---

* たもり, 일본 개그맨이자 국민 MC

든가 의외로 록 음악의 팬이라든가 하는 정보였다.

방송을 보지 않으면 다시 잊어버릴 가능성도 컸다.

2

아사노를 따라서 간 '이타바시 프로레슬링'은 지역 밀착형 프로레슬링 이벤트였다.

출전하는 레슬러 대다수에게는 지역 상점가와 동네 자치회, 기업과 점포의 공인 및 후원이 뒤따랐다. 탄탄하게 단련된 레슬러들과 한데 섞인 채 여자와 토끼 가면을 쓴 마스크맨, 개그맨들도 나와서 퍽 재미있는 이벤트였다.

이벤트가 끝난 후, 시합을 보러 온 아사노의 여동생 부부와 행사장에서 인사를 나눴다.

부부는 내과 클리닉을 운영한다고 했다.

날씬하고 화려한 여동생은 지금보다 젊었을 때 다른 프로레슬링 행사장(고라쿠엔 정원에 있는 홀이었나)에 갔다가 만나서 소개받은 적이 있었는데, 어지간히 프로레슬링을 좋아하는 모양이었다.

인사를 나눈 뒤 곧장 헤어져 천천히 건물을 나서려는데, 나쓰코가 머뭇거리더니 노에치와 아사노에게 말을 꺼냈다.

"가고 싶은 가게가 한 군데 있는데, 가도 될까?"

차멀미가 심했던 나쓰코에게는 놓칠 수 없는 기회였다.

이 근처에 온 건 나쓰코의 인생에서 두 번째였고 두 해 만이었다.

인생 최초였던 지난번 외출도 지금의 멤버와 똑같은 용건으로 이곳에 왔는데, 그때는 초봄의 따사로운 날이었던데다 나쓰코의 컨디션도 좋았고 순환선인 7호선도 텅 비어 있어서 생각보다 단지에서 멀지 않은 곳에 온 느낌이었다.

게다가 프로레슬링 관전 후에는 아케이드 상점가를 구경하고 맛있는 화과자와 진귀한 식기도 발견해서 꽤 즐거웠으므로, 이번에도 아주 조금 여유로운 마음으로 올 수 있었던 건지도 모른다.

그래서 나쓰코는 이 주변에도 좋은 가게가 없는지 미리 알아보고 왔다.

혹여라도 오늘이 이 동네에 오는 마지막 날이라면, 먼 훗날 이때의 기억을 떠올리며 아쉬워하고 싶지 않았다.

가게는 그린홀과 선로를 사이에 둔 반대편에 있었다.

스마트폰 지도 앱으로 검색하니 도보 십삼 분이면 갈 수 있는 거리였지만, 날이 지독히도 더웠다.

"걸어가야 해?"

노에치가 물었다.

"그럴 만한 거리가 아냐."

나쓰코는 재빨리 고개를 저으며 대답했다.

그린홀 옆에 세워둔 차를 타고 나쓰코가 일러주는 대로 무사히 선로를 건너니, 마침 가게에서 그리 멀지 않은 곳에 있는 코인주차장에 빈자리가 있었다.

이런 날에 십 분이든 십오 분이든 걸어가면, 더위에 극도로 취약한 나쓰코는 단지로 살아 돌아갈 수 없을지도 모른다.

가게 영업시간은 5시까지였는데 차에서 내리자 3시가 넘은 상태였다.

그 시간대의 햇볕은 무자비했다.

"올해는 왜 이렇게 더운 건지."

노에치가 말했다.

"이건 시작이야. 이 온도 이하로는 더 안 내려갈걸."

나쓰코는 고개를 저으며 대꾸했다.

"이 더위가 피크가 아니라고?"

노에치가 몸서리치며 물었다. "8월과 9월에는 더 푹푹 찌려나?"

"당연하지."

나쓰코는 단언했다. "피크일리 없지. 지옥 같은 최악의 지구온난화가 시작된 거라고."

"낫짱의 아무 말 예언 또 나왔네."

"진짜라니까. 이제 앞으로는 겨울이 따뜻해지는 게 아니라 아예 겨울이 사라질걸. 그러니 산림을 벌채하면 안 돼."

"진짜 덥다."

"금세 고온이 될 테니 차 안에 두고 내리면 안 되겠네." 나쓰코가 준 사과의 선물 도조스쿠이 만주 봉투를 든 아사노가 가볍게 대화에 끼어들었다.

그가 대학생이었던 시절 출판사 원고 수령 아르바이트를 할 때부터 서로 알고 지낸 사이인데도, 살짝 수줍어하는 듯한 말투는 여전했다.

여린 성격도 변하지 않은 채 오십을 바라보는 나이가 되었다.

"아사노, 그 앞에서 오른쪽이야."

골목을 꺾자 찻집 'P'가 바로 보였다.

"핫케이크는 한 시간이 걸리는데 그래도 괜찮겠어요?"

가게 문을 열자, 주인으로 보이는 호리호리한 남자가 빠른 투로 물었다. 하얀 셔츠에 남색 앞치마 차림이었다.

"네, 괜찮아요."

선두에서 멋대로 날름 대답했는데 뒤따라온 두 사람이 이의를 제기하지 않아서 나쓰코는 안심했다.

"핫케이크?"

노에치가 살짝 의아하다는 표정을 지었다.

주차장에서 가게까지 기껏해야 잠깐 걸었을 뿐인데도, 나쓰코는 더 이상 밖에 나가고 싶지 않았다.

두 사람도 같은 기분이었나 보다.

"이쪽으로 앉으세요. 발밑이 좀 좁죠? 여성분이 구석에 앉는 편이 좋겠네요."

아내로 보이는 우아한 아주머니가 들어오더니 곧장 테이블을 손으로 가리켰다. 옛 추억을 떠올리게 하는, 모니터가 박힌 게임 테이블 세 개가 나란히 놓인 자리였다.

아주머니가 곧 물과 메뉴판을 갖다주었다.

양쪽으로 여는 메뉴판을 펼치자 왼쪽에는 음료가, 오른쪽에는 음식이 각각 열다섯에서 스무 가지씩 나열되어 있었다.

나쓰코는 오른쪽에 있는 음식 메뉴 중 가장 아래를 손가락으로 가리키며 말했다.

"난 이거!"

거기에는 '핫케이크 550'이라고 적혀 있었다.

"낫짱, 마쓰가 불쌍하잖아!"

동네 역 앞에 있는 찻집을 무척 좋아하는 노에치가 재빨리 소곤거렸다.

"마쓰가 왜 불쌍해?"

"5가 붙은 날에는 늘 저렴한 가격으로 먹을 수 있게 해 주잖아. 일전에 같이 걸어갈 때도 마쓰가 있어 정말 다행이라고, 마쓰 없는 인생은 상상할 수 없다고까지 했으면서."

"그래도 가끔은 다른 가게 핫케이크도 먹고 싶단 말이야. 난 이 근처까지 올 일이 거의 없으니까 기회가 있을 때 다양한 가게의 맛을 즐기고 싶다고!"

나쓰코가 사전 조사한 바에 따르면 이 가게는 핫케이크가 특히 유명하다고 했다.

두 번 다시 올 일이 없을지도 모른다.

그러니 역시 이곳의 핫케이크를 먹지 않는다면 나쓰코는 분명 후회할 것이다.

"핫케이크가 아닌 다른 메뉴는 빨리 나오는 건가."

메뉴를 힐끔힐끔 살피며 아사노가 물었다.

"글쎄, 모르겠네."

나쓰코는 고개를 갸웃했다. 게임 테이블 너머에는 나무 벽으로 둘러싸인 넓은 공간에 다른 자리들도 있었지만 이미 만석인 듯했다.

나쓰코 일행만 게임 테이블 자리에 앉아 있었는데, 가운데 테이블에는 빈 식기가 그대로 놓여 있었다.

그 모습으로 보아하니 어떤 메뉴를 주문한들 시간이 걸릴 것 같았다.

아사노가 카레볶음밥을 고르자, 나쓰코도 별안간 짭조름한 음식이 당겼다.

노에치와 상의한 끝에 나폴리탄 스파게티를 하나 주문해서 조금 나눠 먹기로 했다.

이어서 찬 음료를 고른 뒤 나쓰코가 싱글거리며 말했다.

"난 핫케이크."

"나도."

시치미 뗀 얼굴로 노에치가 오른손을 슬그머니 들었다.

"먹는다고?"

"당연하지." 노에치가 대답했다.

더 이상 마쓰가 불쌍하다는 생각은 들지 않는 모양이

었다.

나쓰코 일행이 앉은 자리 바로 앞에는 카운터가 있었는데, 거기에는 앞으로 사용될 예쁜 접시를 수납해 둔 받침대가 놓여 있었다.

건너편에는 아까부터 계속 손을 움직이며 가게 주인이 한창 조리 중이었고 아주머니는 접객을 담당하고 있었다.

드디어 요리가 완성되었는지 아주머니가 음료와 음식을 넓은 좌석 쪽으로 총총히 날랐다.

다시 돌아온 아주머니가 가운데 테이블에 있던 접시를 치우는데 문이 열리며 젊은 남녀가 들어왔다.

나쓰코 일행에게 그랬듯 "핫케이크는 한 시간 걸리는데요"라고 말하는 목소리에, 그들은 "네, 괜찮아요" 하고 대꾸하며 꿋꿋하게 들어오더니 나쓰코 일행과 한 자리 떨어진 건너편 게임 테이블에 앉았다.

기다리는 게 이곳의 약속인지도 모른다.

"한 시간 걸린다는 말로 주눅 들게 해서 순순히 포기하게 할 생각인가? 손님이 바글바글하니까."

노에치가 소곤거렸다.

일단 그 말에 거의 수긍하려던 찰나, 잠시 후 다 먹고 계산하는 손님을 향해 "너무 기다리시게 해서 죄송해요"

라며 정중히 사과하는 아주머니의 모습을 본 뒤 나쓰코는 꼭 그런 것 같지도 않다고 생각했다.

젊은 남녀 다음으로 방문한 손님에게 아주머니는 "죄송해요, 지금 만석이라서요"라며 가게 입장을 거절했다.

그 말을 들은 나쓰코는 고작 십 분 차이지만 일찍 오길 잘했다는 생각뿐이었다.

3

가게 안은 에어컨 덕분에 시원했고, 셋이서 수다를 떨다 보면 한 시간쯤은 금방 지나가기 마련이다.

그런 나쓰코 일행의 테이블에는 이십 분, 이십오 분이 지나도록 줄곧 물컵만 놓여 있을 뿐이었다.

물론 처음부터 한 시간을 기다려야 한다는 말을 들어서 불평이나 불만을 토로할 마음은 전혀 없었다.

"이거 마작 게임인가."

그 대신 쇼와 후기부터 헤이세이* 초기에 십 대 시절을 보낸 두 사람보다 나이가 약간 어린 아사노는, 심심풀이 삼

아 전원이 꺼진 게임 테이블을 곰곰이 관찰하고 있었다.

"맞아요. 그거 옛날의 마작 게임이랍니다."

아주머니가 거리낌 없이 가까이 다가와 알려주었다. 그녀의 나이는 칠십쯤으로 보였다.

"옛날에 유행했잖아요." 노에치가 말했다.

"이젠 작동이 안 되나요?"

나쓰코가 물었다.

"전원을 켜고 100엔을 넣어도 곧 끊겨버려요."

아주머니는 쾌활하게 대답하더니 뭔가 생각하는 눈치였다.

그러더니 한 자리 건너편에 있는, 역시 게임 테이블에 관심이 생긴 듯한 젊은 남녀 쪽으로 가서 그쪽 기계의 전원을 켰다.

게임 테이블 중에서 가장 최신 기종을 가진 자리 같았다.

"이거 마작 게임인데, 100엔을 넣으면 게임이 가능해요."

아주머니는 갓 스물을 넘긴 것 같은 두 사람에게 설명한 뒤 카운터 쪽으로 되돌아갔다.

나쓰코 일행은 전원이 켜진 건너편 게임 테이블을 바라보며 말을 이었다.

"세상에, 아직 사용할 수 있는 게 있구나."

“그렇네.”

“오히려 신선한데.”

젊은 남녀는 테이블에 비친 게임을 신기하다는 듯 잠시 바라봤다.

그러더니 남자가 모니터 화면을 검지로 만졌다.

“그렇게 하는 거 아냐. 손으로 터치하는 방식일 리가 없잖아!”

여자는 상당히 재미있다는 듯 깔깔대며 웃었다.

“아, 그런가.”

남자가 멋쩍게 웃었다.

“이쪽 버튼으로 조작하는 거야.”

테이블 밑에 달린 조작 패널을 여자가 가리켰지만, 젊은 두 사람은 딱히 100엔짜리를 넣으면서까지 옛날 게임을 할 마음은 없어 보였다.

“저런 적 있어.”

나쓰코가 속닥거렸다.

“맞아.”

노에치가 고개를 끄덕였다.

나쓰코 일행의 세대라도 평소 스마트폰과 태블릿을 많이 사용하는 쪽이라면 오랜만에 컴퓨터 화면을 만질 때

무심코 손으로 터치하는 경우가 있었다.

나쓰코도 노에치의 노트북 화면에 검지를 곧잘 갖다 대서 "그거 아니잖아"라며 비웃음을 사곤 했다.

본인이 쓰는 컴퓨터에는 한 번도 터치할 일이 없었으니, 보통 잘 쓰지 않는 노트북이 복병이었다.

물론 게임 테이블이 어떻게 작동되는지 잘 몰랐던 저 젊은 남자와는 전혀 다른 이야기일수도 있지만.

"깡, 퐁, 치, 리치…… 라스트 찬스•……"

마작에 문외한인 나쓰코가 조작 패널의 사각 버튼 아래에 적힌 문자를 읽어 내려갔다.

그로부터 십오 분 정도가 지나는 동안 두 자리의 손님들이 계산한 뒤 나갔다. 새로운 손님들이 들어왔지만 그 뒤에 온 사람들은 만석이라는 이유로 거절당했다.

더우니 밖에서 기다리지 말라는 배려도 담겨 있는 듯했다.

"타이밍이 정말 좋았네. 조금만 늦었으면 우리도 못 들어왔을 거야."

새삼 운이 좋았다는 걸 깨달으며 나쓰코가 말했다.

•　　모두 마작 용어

“너무 기다리시게 해서 죄송해요.”

손님이 계산할 때마다 아주머니는 정중히 사과했다.

다만 처음에 양해를 구한 덕인지 역시 불평하는 이는 없었다.

“맛있었어요.”

“또 올게요.”

다들 무척 밝은 표정으로 대답해 주는 모습이 인상 깊었다.

한 시간이나 기다렸는데도 저렇게 기뻐할 수 있는 맛이라는 건가.

점점 핫케이크의 맛이 기대되었다.

타이밍 이야기를 하자면, 나쓰코와 노에치는 로손 창립 기념의 달 이벤트였던 ‘점보 챌린지’를 북 플리마켓 전날에 가려다가 결국 그다음 주로 미뤘었다. 그러나 점보 챌린지는 북 플리마켓이 끝난 이틀 뒤인 화요일에 종료되었다.

나쓰코가 일찍 퇴근한 노에치와 만나 로손에 간 날은 수요일이었고, 그때는 이미 이벤트가 흔적도 없이 끝난 뒤였다.

스마트폰으로 점보 챌린지 사진을 보면서 "이거 끝내준다! 넘치겠는데!"라며 몹시 감탄했던 증량 식품들은 하나도 보이지 않았다.

나쓰코가 벼르던 꿈의 메뉴 '신주쿠 나카무라야 감수 돈가스 카레(돈가스 한 장 증량)'도 없었다.

그 대신 평소대로 증량 없이 돈가스 한 장이 담긴 것만 있을 뿐이었다.

선반에 진열된 그 상품을 가만히 바라보는 나쓰코에게 노에치가 물었다.

"어쩔래? 그거라도 사서 갈래?"

"됐어. 이런 반쪽짜리 돈가스 따위."

점보 챌린지를 기대했던 만큼 낙담해서 한 말이었다.

"반쪽짜리라니."

노에치가 웃었다.

"지금은 뭐든 양이 절반처럼 보이니까 여기선 안 살래. 에잇, 로손은 반쪽자리 챌린지라도 하는 건가."

가게에서 나온 뒤로도 나쓰코는 계속 불평을 해댔다.

"낫짱, 그만둬. 유치하게."

"돈가스 한 장이 증량된 걸로 사고 싶었는데. 난 한두 조각만 먹고 남은 돈가스를 네가 게걸스레 먹는 모습을 보고 싶었단 말이야."

"게걸스럽다니."

"하아, 아쉽다. 손해 본 기분이야. 역시 좀 더 빨리 올걸 그랬어."

"이렇게 탐욕스러워서야. 서비스로 제공해 준 것뿐이잖아."

토요일에 가자던 나쓰코를 슬그머니 말린 장본인인 주제에, 노에치는 자각하지 못한 채 웃었다.

먼저 나온 음식은 나폴리탄 스파게티와 카레볶음밥이었다.

같이 먹으려고 접시를 세 개 받아서 아사노에게도 스파게티를 조금 나눠줬다. 나쓰코도 앞접시에 스파게티를 덜어 담은 뒤 나머지는 노에치에게 양보했다.

스파게티에 들어간 재료는 얇고 어슷하게 썬 소시지와 양송이버섯, 양파, 피망이었다.

파스타 면은 중간 굵기에 맛있는 케첩 냄새가 풍겼다.

"끝내준다!"

나쓰코를 따라 노에치도 감상을 말했다.

"맛있네."

혼자 점잖게 말하며 아사노는 싱글벙글 웃었다.

케첩이 살짝 눌어붙어 맛있었다. 재료마다 파스타와 소스가 어우러져 기본에 충실한 맛이었다.

아사노의 카레볶음밥도 맛있어 보였다. 그는 컵 수프와 함께 묵묵히 먹었다. 잠시 한눈 판 사이 그가 볶음밥을 말끔히 먹어치워서 나쓰코는 놀랐다.

"빠르네."

나쓰코의 말에 아사노는 뺨을 붉혔다.

생글생글 웃으면서도 상당히 배가 고팠던 모양이다.

음식을 다 먹고 접시를 치운 뒤에야 음료가 나왔다.

나쓰코는 어째서 테이블에 계속 물만 있는 건지 의아했는데, 아마도 핫케이크가 메인이어서 그런 것 같다고 생각했다.

음료가 훨씬 더 빨리 나왔다면 그 역시 타이밍이 좋지 않다고 한마디 했을지도 모른다.

4시가 넘자 간절히 기다리던 핫케이크가 나왔다.

처음에 했던 말대로 에누리 없이 한 시간이나 기다렸지만, 그 시간은 잊어버릴 만큼 두툼하고 예쁜 핫케이크였다.

커다란 접시 한가운데에 지름은 좀 작지만(12센티미터 정도) 어쨌든 두툼한 핫케이크 두 장이 포개어져 놓여 있었다.

한 장의 두께가 3센티미터 이상은 되어 보였다.

맨 위에 네모꼴로 자른 버터가 올라가 있고 격자형으로 시럽이 뿌려져 있었다.

"우와."

흥분의 탄성을 지른 뒤 나쓰코는 본인의 핫케이크 중 한 장을 새 앞접시에 옮겨 담더니 아사노에게 권했다.

"괜찮겠어?"

아사노가 물었다.

"먹어봐."

친척 이모처럼 대답하고 나서 나쓰코는 버터를 잘라 반쪽을 가져온 뒤 막 테이블에 놓인 시럽을 잔뜩 뿌렸다.

"끝내준다!"

이번에는 셋이 한목소리로 말했다.

겉이 바삭하면서 아삭아삭했다.

속은 적당히 부드럽고 쫄깃했다.

이 두툼한 핫케이크를 속까지 익히려면 당연히 시간이 걸릴 것이었다.

"오늘 일요일이라서 이렇게 붐비는 건가요?"

일찌감치 영업 중이라는 팻말을 내리고 어느 정도 차분

해진 모습의 아주머니에게 나쓰코가 말을 걸었다.

"네, 일요일에는 그래요."

"아침부터 쭉 바쁘세요?"

"뭐 그렇죠."

"평일에는 이 정도까지는 아닌가요?"

"여유로워요."

"그러면 다음에는 평일에 올게요."

나쓰코는 이 핫케이크를 먹기 위해서라면 다시 장거리 외출을 해도 상관없다고 생각했다.

물론 노에치 아빠의 차로, 노에치가 운전을 해야만 가능한 이야기였다.

"가게를 시작하신 지는 얼마나 되셨어요?"

"오십 년!"

"계속 핫케이크가 인기였나요?"

"핫케이크를 판 지는 삼십 년!"

우아한 아주머니가 어쩐지 사랑스러운 표정으로 웃으며 대꾸했다.

돌아갈 채비가 끝나자 나쓰코는 계산을 부탁했다.

게임 테이블 바로 옆이 카운터였다.

"너무 기다리시게 해서 죄송해요."

주문서를 받더니 아주머니가 재차 말을 꺼냈다.

"별말씀을요, 엄청 맛있었어요."

나쓰코는 진심으로 대답한 뒤 자리에서 더치페이로 정확하게 계산한 돈을 내려고 했다.

"아, 이것도."

옆에 서 있던 노에치가 계산대 옆에 놓인 가게 열쇠고리를 집더니 500엔짜리 동전 하나를 함께 내밀었다.

"어머, 열쇠고리 사려고?"

지름 5센티미터쯤 되는 플라스틱 원 안에 가게 이름과 핫케이크 그림이 프린트된 열쇠고리였다.

바탕인 종이에 오십 주년이라는 글자가 인쇄되어 있었다.

"맛있었으니까. 기념으로."

"기념이라니. 이제 마쓰는 안 불쌍한가 봐?"

"그야 마쓰에는 못 들고 가지."

들고 다니지는 못하더라도 기념 삼아 갖고 싶은 모양이었다.

나쓰코는 노에치의 별난 취미가 조금 우스꽝스러웠다.

늘 무거운 노에치의 가방에는 이처럼 수수께끼 같은 감정이 가득 담겨 있는 걸지도 모른다.

"역시 오늘 여기 오길 잘했어. 더워서 이젠 힘들 줄 알았는데.”

나쓰코는 가게를 나오며 가만히 중얼거렸다. “굉장하다. 오십 년이든 삼십 년이든.”

“사쿠라, 너도 일러스트 그린 지 얼추 그 정도 되지 않았어?”

오래 알고 지낸 아사노가 옛날 호칭으로 불렀다. 나쓰코의 성씨인 ‘사쿠라이’에서 따온 애칭이었다.

“오십 년이나 그리진 않았는데.”

“삼십 년 말이야.”

“그렇긴 하지.”

그러고 보니 나쓰코가 전문대를 졸업한 뒤 아르바이트를 하며 일러스트 작업을 해온 지가 올해로 삼십 년쯤 되었다.

“그런데 최근 십 년쯤은 일감이 거의 없어서 말이야.”

“뭐든 오래 이어가는 건 힘들지. 대단해.”

노에치가 말했다.

누가 누구를 칭찬하는 건지 전혀 감이 오지 않는 대화를 나누면서, 세 사람은 조금도 기온이 내려갈 기미가 보이지 않는 길을 함께 걸었다.

모처럼 왔으니 선로 건너편으로 되돌아가 아케이드 상

점가의 오래된 철물 잡화점을 한 곳 더 구경하고 싶다고,
나쓰코는 생각했다.

오늘의 판매액

☐ 없음	

오늘의 쇼핑

☐ 코인주차장 요금(더치페이)	400엔
☐ 찻집 요금 (나폴리탄 스파게티 650엔÷2 + 아이스레몬티 400엔 + 핫케이크 550엔)	1,275엔
☐ 유류비(회비)	1,000엔

제4화

추억의 식기들

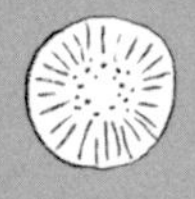
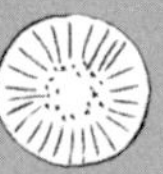

1

8월 초순에 나쓰코의 집에서 제1회 '대만 영화제'가 열렸다.

여름휴가 중인 노에치는 그날 마침 외출할 일이 있었다. 낮 동안의 일이 끝나면 다카다노바바역에서 대만식 샌드위치와 닭튀김, 지파이°라도 사 올 테니 나쓰코에게 같이 먹자며 상당히 신이 나서 말했다. 그런 노에치에게 나쓰코는 그때 『고령가 소년 살인 사건』을 보자고 제안했다.

1980년대에 대만에서 벌어진 실제 사건을 바탕으로 만든 에드워드 양 감독의 영화 『고령가 소년 살인 사건』은,

---

° 닭고기를 튀겨 만든 대만의 길거리 음식

무삭제판이라 러닝 타임이 거의 네 시간이었다.

언젠가 BS에서 방영했을 때 나쓰코가 녹화해 두었는데, 평상시 가벼운 마음으로 보기에는 분량이 길었다. 그래서 하드디스크 드라이브에 녹화 완료 목록으로 저장만 한 상태였다.

최근 즐겨 보는 프로그램 『조니오의 어슬렁어슬렁 쇼와』라든가 카지하라 젠의 『빌딩을 어슬렁! 레트로 탐방』을 노에치와 함께 보다 껐다 하는 동안, 몇 번이나 그 제목이 눈에 들어왔다.

될 수 있으면 이제 슬슬 보고 싶다고 생각하던 차였다.

"네 시간짜리라니. 샌드위치랑 지파이로는 부족할지도 모르겠네."

먹보 노에치가 말했다.

"그러면 대만 음식 비슷한 거라도 만들 테니까, 그전에 아시아 식재료 마트에 가서 이것저것 사 오자."

나쓰코의 희망 사항이 자꾸 늘어나면서 어영부영 그날이 제1회 대만 영화제가 되었는데, 결국은 대만 관련 음식을 먹으며 기나긴 대만 영화 한 편을 보자는 뜻이었다.

나쓰코가 점찍어 둔 아시아 식재료 마트는 단지에서 자전거로 대략 십오 분 정도면 갈 수 있는 거리였다.

두 해 전 개점해서 당시 지역 생활정보지에 광고(혹은 기사 같은)를 봤던 기억이 있었다. 조만간 다녀오리라 생각했는데 어느덧 시간이 흘러버렸다.

온라인몰도 병행하는 모양이었지만 가능하면 한 번은 직접 가게에 가서 구경하고 싶었다.

나쓰코는 앞으로 일주일 동안의 날씨가 어떤지 스마트폰으로 검색하더니, 제1회 대만 영화제 전날의 온도라면 더위에 취약한 자신도 어떻게든 외출이 가능할 것 같았다.

"이날이라면 갈 수 있겠는데. 그래도 힘들면 그만둘래. 노에치, 넌 일정 있어?"

"음, 그날은 집에서 종일 아르바이트야, 재택근무."

"그러면 '노에치는 부업'이라고 달력에 적어둘게. 하지만 될 수 있으면 같이 가자."

그 이후 두 사람은 매일 아시아 식재료 온라인몰에서 상품을 살펴보며 지냈고 마침내 당일이 되었다.

때마침 비가 그친 뒤였다.

밖에 나갔더니 선선했다.

나쓰코는 가도 좋겠다는 생각에 스마트폰으로 연락하기도 답답해서 노에치를 부르러 집까지 찾아갔다.

"지금 가자고? 좋아."

재택근무인 것치고는 금방 준비하고 나오길래 그대로 둘이 외출하기로 했다.

"어이, 단짝 둘이 쇼핑이라도 가는 게냐? 차 타고 같이 갈까나."

진심인지 농담인지 노에치의 아빠가 쾌활하게 말을 걸었다.

"됐거든요."

평소의 반항기가 묻어나는 말투로 노에치가 차갑게 거절했다.

"낫짱, 장아찌는 늘 잘 먹고 있단다! 맛이 잘 들었던데"

"양하, 맛있더군."

여전히 부부 사이가 좋은 노에치의 부모에게 나쓰코가 말했다.

"노에치 좀 빌릴게요."

매미의 세찬 울음 속에서 단지를 나온 두 사람은 아시아 식재료 마트를 향해 자전거 페달을 밟았다.

대만뿐만 아니라 한국, 중국, 홍콩, 태국, 베트남, 말레이시아, 인도네시아, 필리핀, 싱가포르, 미얀마, 인도, 스리랑카 등 아시아 각국의 식품을 취급하는 가게가 단지에서 자전거로 십오 분 정도 걸리는 거리에 있었다.

건물 1층에 자리한 넓고 깨끗한 가게였다.

냉장과 냉동식품이 담긴 진열대는 구석에 있었고, 입구 가까이에는 상온에서 보존할 수 있는 식품이나 인스턴트, 레토르트식품, 조미료, 통조림, 과자 따위가 진열된 채 선반을 가득 채우고 있었다.

매일 같이 온라인몰을 들여다본 터라 어떤 물건을 살지 이미 정해뒀지만, 예전에 한국 드라마에서 봤던 과자가 눈에 띄면 "아, 이거!" 하며 절로 혹하고 말았다.

"여기에 오면 살 수 있었네."

"낫짱, 오늘은 대만 한정이라고."

"나도 알아. 그래도…… 세상에, 쌀국수 종류가 이렇게 많다니."

"배우 딘 후지오카는 쌀국수에 대한 자기만의 기준이 확고하더라."

"아, 맞아! 텔레비전에서 봤는데…… 와, 이쪽에는 도삭면*이 잔뜩 있네!"

여러 나라의 각 지역에서 파는 레토르트 카레와 인스

턴트 면, 수프 등 평소 국내 슈퍼마켓에서는 볼 수 없는 상품에 결국 둘 다 정신이 팔려버렸다.

그런 식으로 가게 안을 돌아다니면서 나쓰코는 점찍어 둔 상품을 찾아다녔다.

대만의 건두부를 살 생각이었다.

일본의 건두부처럼 사각 형태가 아니라 가느다란 면처럼 된 식품이었다.

찾아보니 냉동 코너에 있었다.

중국제와 대만제가 있어서 꼼꼼히 살핀 뒤 대만 식품 쪽을 골라 장바구니에 담았다.

그리고 줄곧 궁금했던 '수련채'를 냉장 진열대 안에서 발견했다.

온라인몰을 탐색하다 눈에 들어온 상품이었는데, 녹색 줄기 같은 것이 밧줄처럼 둘둘 말려 있었다.

"이건 어떤 상품인가요?"

가게 직원에게 물었더니 대만의 수초인데 굴소스를 넣어 볶아 먹거나 샤부샤부에 넣어도 맛있다고 했다.

어쨌든 온라인몰에서는 요즘 인기인 모양이었다.

인기 넘버원이었나, 투였나.

"그렇군요."

유행을 따라가고 싶은 마음에 그것도 구매했다.

그리하여 나쓰코와 노에치는 제1회 대만 영화제를 위한 만반의 준비를 마쳤다.

2

"낫짱, 이거 팔 수 있을까."

제1회 대만 영화제 당일, 사쿠마 아주머니가 나쓰코를 찾아왔다. "어머, 지금 나가니?"

"아뇨, 전혀요."

나쓰코는 고개를 저었다. "안 나가요."

"외출복 차림이길래 나가는 줄 알았지."

"그래요?"

하얀 오픈칼라셔츠에 헐렁한 베이지색 바지 차림이었다. "늘 입던 대로인데요."

"말도 안 돼. 평소에는 좀 더 파자마 같은 옷을 입고 있잖니."

"파자마는 잘 때만 입는데요. 아주머니가 보신 건 실내복이나 외출복이에요."

"어머, 그러니. 그렇다면 실례했네…… 그나저나 이거

말인데."

아주머니는 들고 온 커다란 케이크용 종이봉투를 열었다. 안에는 견고한 상자가 들어 있었다.

"예전에 선물로 받은 케이크 스탠드란다. 한 번도 쓴 적 없어."

"아주머니 거예요?"

"응. 친척 피로연의 답례품이었던가. 줄곧 가지고 있었는데 더는 사용할 일이 없으니까. 누구든 원하는 사람이 써줬으면 해서. 팔아줄래?"

"그럴게요."

나쓰코는 흔쾌히 대답했다.

"다행이구나."

아주머니는 안심한 표정이었다. "만약 팔린다면 가격은 얼마로 하든 상관없어."

"네, 알겠어요."

나쓰코는 고개를 끄덕였다. "물건을 바로 확인하는 편이 좋을까요?"

"아냐, 괜찮아. 나도 잘 살펴보지도 않고 가져왔는걸."

"아유, 아니에요. 일단 상자를 열어보죠."

가능하면 한동안 묵혀뒀다가 출품 전에 느긋하게 확

인하는데, 이번에는 나쓰코가 먼저 서두르며 아주머니와 함께 상자의 내용물을 확인했다.

역시 사용한 흔적이 없어 보이는 케이크 스탠드가 들어 있었다. 비닐에 꼼꼼히 싸인 채 상품 설명 카드가 동봉되어 있었다.

"아주머니의 물건이라는 걸 알 수 있도록 표시해 둘게요."

"그래, 잘 부탁하마."

절에 공양이라도 하러 온 사람처럼 사쿠마 아주머니가 합장하며 고개를 숙여서 나쓰코는 쿡쿡 웃었다.

아주머니가 부탁한 물건은 현관 옆 다다미방에 넣어뒀다.

"잔뜩 쌓였네."

물건 보관 장소로 쓰는 다다미방을 보더니 사쿠마 아주머니가 말했다.

"그러게요. 일전에 엄마가 집에 오셨을 때 이제 슬슬 방 좀 치우라며 한 소리 하셨어요."

"어머, 유미짱한테 혼난 거야?"

"네, 그래서 하루에 하나씩 출품하기로 마음먹었는데 좀처럼 따라잡기 힘드네요."

어쩐지 변명을 늘어놓는 기분이었지만, 그 김에 일단 판매 규칙도 알려주었다. "만약 팔린다면 판매액에서 출품 수수료와 배송료를 뺀 나머지를 절반씩 나누는 식으로 운영하고 있어요.”

“이익을 절반으로 나눈다는 거네.”

“맞아요.”

나쓰코는 고개를 끄덕였다. 온라인 경매를 이용하기 시작한 건 아직 일러스트 일이 순조로웠던 시절이었다. 아마 벌써 이십 년 이상 된 듯하다.

이때부터 지인과 친구들이 ‘팔아달라’고 물건을 맡기면 이익의 절반을 나누기로 하고 일을 진행해 왔다.

마니아 기질이 다분한 사람들이 넘쳐나는 업계였던 탓에, 상당히 희귀하고 가치가 높은 물건을 선뜻 맡기기도 했고 이런 걸 왜 모았는지 웃음이 나올 법한, 딱히 본인과는 인연이 없어 보이는 시시한 수집품도 있었다.

의외로 물건들이 잘 팔린 덕분에 나쓰코는 홋카이도의 수산업자가 운영하는 온라인몰에서 가을 연어 한 마리를 사다가 함께 먹어치우는 모임을 만들었는데, 이는 한동안 연례행사가 되었다.

모임은 삼 년쯤 이어졌다. 밥을 안친 뒤 토막난 생선만 달랑 구워서 함께 밥을 먹었다. 여기에 질리면 된장과 채소를 곁들여 짱짱야키*를 만들었고, 마지막에는 생선 토막을 구운 뒤 살을 발라 연어 볶음밥을 해서 하루 종일 여럿이서 먹어 치우기도 했다.

"아주머니, 잠깐 들어와서 차 한 잔 마시고 가세요. 곧 노에치도 올 거예요. 오늘 대만 영화제가 열리거든요."

아직 할 말이 남은 기색이어서 아주머니를 안으로 들인 뒤, 나쓰코는 게이토쿠친**의 찻종에 동정우롱차***를 내왔다. 나쓰코가 아직 비행기를 탈 수 있었던 스무 살 무렵, 처음 홍콩 여행을 갔을 때 샀던 찻종이었다.

하나는 흰 바탕에 녹색 용이, 다른 하나는 하늘색 바탕에 빨간 나비와 노란 꽃이 그려져 있었다. 아주머니에겐 나비와 꽃이 그려진 찻종을 내주고 나쓰코는 용무늬 쪽을 썼다.

"낫짱, 넌 차로 어느 정도 거리까지 이동할 수 있니?"

사쿠마 아주머니가 물었다.

"음, 컨디션이 안 좋으면 신주쿠까지 가는 것도 힘들어요."

---

* 　　연어와 채소를 철판에 구운 홋카이도 요리
** 　　景德鎮, 중국의 유명한 도자기 산지
*** 　　凍頂烏龍茶, 대만에서 생산되는 대표적인 우롱차

"마치야는 어때? 다음에 거기 안 갈래?"

"마치야라면…… 어느 구에 있는 동네죠?"

"아라카와구야."

"그렇군요. 가본 적 없는 곳이면 적응이 안 돼서 더 힘들 것 같은데요. 거기에 뭐라도 있어요?"

"재즈클럽에서 또 라이브가 있단다."

전날 들었던 연하의 재즈 가수를 말하는 듯했다.

"음, 좀 어려울 것 같아요."

고개를 살짝 저으며 거절하자, 아주머니는 조금 아쉬워하는 표정을 짓더니 곧이어 결혼 직전까지 사귀었다는 전 애인 이야기로 넘어갔다.

대기업 건설회사에 다니던 엘리트 사원이라고 했다.

"세상에, 아깝네요."

나쓰코에게도 이 정도의 호응은 해주는 붙임성은 있었다. 그런데 그 반응이 오십 년 전 사랑 이야기에 불을 붙인 모양이었다. 그 후 개인정보를 늘어놓는 아주머니의 말에 나쓰코는 건성으로 고개만 끄덕일 뿐이었다.

"낫짱, 미안한데 좀 알아봐 줄 수 있을까? 그, 인터넷으로 말이야. 난 메일 정도밖에 못 써서. 검색은 아예 못 하거든."

“뭘 검색하시려고요?”

“그 사람에 대해서지.”

“그 사람이라면, 헤어진 남자 친구요?”

“당연하지.”

사쿠마 아주머니는 말했다. “지금 어떻게 사는지 알고 싶구나.”

“알아서 뭐 하시게요! 양다리 걸치다가 차버리셨잖아요.”

자기도 모르게 옳은 소리를 해가며 나쓰코가 몰아붙이는데, 마침 딱 좋은 타이밍에 노에치가 도착한 모양이었다.

초인종이 울렸다.

“문 열려 있으니까 들어와—.”

나쓰코의 말이 들린 건지 양손에 짐을 나눠 든 노에치가 바로 들어왔다.

“어머, 노에짱, 어서 오렴.”

사쿠마 아주머니가 어쩐지 우아하게 한쪽 손을 들어 올리며 맞아주었다.

“우리 집도 아닌데 다녀왔다고 인사해도 될지 모르겠네요.” 노에치가 말했다.

“밖에서 마주쳐도 어서 오라고 인사하는데 뭘. 그러고 보니⋯⋯ 단지로 잘 돌아왔다는 뜻으로 그렇게 인사하는 건가?"

고개를 갸웃하며 중얼거리는 아주머니에게 노에치가 웃으며 대꾸했다.

"다녀왔어요, 아주머니."

"노에치, 아주머니가 전 애인에 대해 검색해 달라고 하는데. 넌 어떻게 생각해?"

"전 애인?"

이상하다는 듯 노에치가 나쓰코에게 물었다.

"D사카 건설에 다녔던 사람인데, 회장이 안 됐다면 아마 진작 정년퇴직했을 거야."

불쑥 끼어들 듯 사쿠마 아주머니가 대답했다. "기노시타 유키야 씨란다. '나무 목木'에 '아래 하下' 한자를 써서 '기노시타.' '눈 설雪'에 '어조사 야也'를 써서 '유키야'라고 해. 알겠니?"

"아, 제가 검색하는 거예요? 진짜요?"

노에치가 당황한 듯 대꾸하더니 "그보다 일단 선물"이라고 말하며 손에 들고 있던 가방 두 개를 나쓰코에게 건넸다.

"이쪽이 따뜻한 거고 이쪽이 차가운 거야."

소라짱의 그림이 그려진 에코백에 따뜻한 지파이가 들

어 있고, 키위브라더스* 그림이 그려진 보냉백에는 샌드위치가 들어 있는 모양이었다.

일단 나쓰코는 보냉백 안의 내용물을 테이블 위에 꺼냈다.

훙루이젠**샌드위치였다. 전에도 한 번 노에치가 사 와서 먹은 적이 있었다. 귀퉁이를 잘라낸 부드러운 빵에 잼과 햄, 달걀 등이 얄팍하게 끼워져 있다. 삼각형 모양의 빵 네 장이 한 세트였다. 빵 사이마다 모두 재료를 끼워 넣거나 잼을 발라놨는데 네 장을 통째로 베어 먹는 스타일이었다.

먹기 편하고 보존 기간도 길어서 대만에서는 '국민 샌드위치'로 통한다고 했다.

"찾았어요, 기노시타 유키야 씨, D사카 건설. 2004년에 무슨 프로젝트에 참여했나 봐요."

"어머, 나도 보여줘! 고맙구나, 노에짱."

사랑에 빠진 소녀의 얼굴로 아주머니가 노에치의 스마트폰을 들여다봤다.

“글만 있어?”

“네.”

“사진은 없고?”

“네, 없네요.”

노에치의 말에 아주머니는 살짝 시큼한 거라도 먹은 듯한 표정을 지었다.

“아주머니, 이거 보세요. 대만 샌드위치예요.”

평소의 아주머니 대로 돌아오게 하려고 나쓰코가 말을 걸며 설명했다.

“이 재료들이 전부 딱 붙어 있다니까요. 빵, 잼, 빵, 햄, 빵…… 이런 식으로 겹쳐 있어요.”

“어머, 이런 샌드위치도 있구나. 귀여워라.”

사쿠마 아주머니는 한숨을 내쉬더니 그제야 마음이 차분해진 듯 자리에서 일어서며 말했다.

“그만 가봐야겠다. 이제 영화 볼 거지? 차, 잘 마셨어.”

연애 이야기가 중단되어 금세 따분해진 건지도 모른다.

“샌드위치 하나 가져가실래요?”

나쓰코가 권했다.

“어머, 그래도 돼?”

이 제안에는 아주머니도 기쁜 기색이었다.

먹보 노에치가 사 온 덕분에 다행히도 삼각형 샌드위치
가 세 개 있었다.

"음, 이게 블루베리랑 치즈고요. 여기엔 햄이랑 달걀이
랑 마요네즈가 들어갔어요."

직접 산 노에치가 샌드위치의 종류를 설명해 주었다.
"그리고 이건 '만한'인데 햄이랑 치즈랑 달걀, 마요네즈
가 들어갔고요."

"그러면 만한? 이거 가져갈게."

"네, 만한전석(滿漢全席)의 만한이래요. 그러세요!"

사실 네 종류의 재료가 들어간 만한은 노에치가 먹고
싶어서 고른 탐욕 가득한 메뉴 같았지만, 짭조름한 샌드
위치는 하나 더 있으니 딱히 불평하지는 않을 것이다.

"닭튀김도 있어요."

지파이는 홍루이젠 가게의 대각선 앞에 생긴 가게에서
사 온 것이었다.

"아냐, 그건 됐어."

하나 권했더니 사쿠마 아주머니는 눈앞에서 손을 저

● 　滿漢, 산해진미가 모두 나오는 중국의 연회 요리 '만한전석'에서 따온 말로,
모든 재료가 들어간 샌드위치라는 뜻이다.

으며 말했다. "샌드위치로 충분해. 고맙구나."

"봉지 필요하세요?"

"아냐, 괜찮아."

사쿠마 아주머니는 샌드위치 하나를 손에 들었다.

"아, 이것도요."

간식으로 준비해 둔 개별 포장된 과자도 몇 개쯤 건넸더니, 아주머니는 마침내 먹이를 품에 넣은 다람쥐처럼 보였다.

"그냥 이거 쓰세요."

작은 비닐봉지 하나를 주며 거기에 담아가도록 했다.

나쓰코는 현관까지 배웅하면서 부탁받은 물건 이야기를 재차 꺼냈다.

"케이크 스탠드가 팔리면 연락드릴게요."

"……저건 뭐니? 파는 거야?"

사쿠마 아주머니가 물건을 보관하는 방에 홀로 놓인 인형을 가리켰다. "멋진 인형이네."

야드로°사에서 만든 몸 앞으로 밀짚모자를 들고 있는 소녀 인형으로, 높이는 30센티미터 정도인 도자기 제품이

었다.

"필요하세요? 가져가셔도 돼요."

"정말? 방에 장식하고 싶은데."

"그러세요, 아직 출품도 안 한 거예요."

그렇게 말한 뒤 나쓰코가 물었다.

"노에치, 아주머니가 야드로 인형 가지고 싶으시대."

"야드로?"

노에치가 현관 쪽으로 걸어왔다. "아하, 새언니가 준 거 말이지."

평소에는 분명 애칭으로 부르는데 살짝 격식을 차린 투로 노에치가 말했다. "너 좋을 대로 해. 오빠가 너한테 준 거잖아."

"괜찮으니 가져가세요."

"그러면 사양하지 않을게."

사쿠마 아주머니는 그대로 야드로 인형을 들고 가려고 했다.

"아주머니, 이거 쓰세요."

나쓰코는 케이크 스탠드를 담아 왔던 종이봉투를 급히 비워 건넸다.

사쿠마 아주머니는 매끄러운 재질에 로맨틱한 표정의

야드로 인형을 종이봉투에 넣고 샌드위치와 과자가 든 하얀 비닐봉지도 같이 담더니, 퍽 기쁜 듯 말했다.

"어쩐지 돈 벌어가는 느낌이네."

해동한 건두부를 뜨거운 물에 오 분 데쳐서 소쿠리에 쏟았다.

물기를 잘 제거해 참기름에 볶은 뒤 미림과 대만 간장을 뿌려 한 번 더 볶아서 잠시 꺼내두고, 냄비에 참기름을 다시 두르고 잘게 썬 돼지고기에 녹말가루를 묻혀 볶았다. 그다음 재차 미림과 간장으로 간을 해서 꺼낸 뒤, 이번에는 냄비에 참기름과 으깬 통마늘, 고추를 넣었다.

마늘과 고추의 향이 서서히 피어오를 무렵, 두부와 잘게 썬 돼지고기를 냄비에 다시 부어 굴소스를 넣고 잘게 썬 파를 뿌리면 요리 하나가 완성됐다. 한꺼번에 넣고 볶아내는 방법도 있었지만, 나쓰코는 재료마다 일일이 볶아내는 요리법을 고집했다.

"잘게 썬 돼지고기와 건두부볶음 완성이요!"

"군침 도는데."

"수련채도 볶아야지."

둘둘 말려 있던 수련채를 풀어헤치면 길이가 1미터 이

상은 될 것 같았다. 이를 5센티미터 폭으로 자른 뒤, 이번에는 다진 마늘과 참기름을 넣고 가열해서 하얀 송이버섯 화이티와 붉은 피망을 넣고 함께 볶았다.

아삭거리는 식감이라고 했으니 공심채마늘볶음의 레시피와 똑같이 간을 맞췄다. 물 한 큰술에 맛술 한 큰술, 치킨스톡 1/2작은술, 소금 1/4작은술을 넣고 만든 소스를 끼얹었다.

간단한 요리다!

"이것도 완성."

식탁으로 음식을 나른 뒤 곧장 『고령가 소년 살인 사건』을 틀어놓고 "잘 먹겠습니다"라고 말했다.

차는 사계춘차˙를 골랐다. 향이 진하고 맛이 개운한 우롱차였다.

"와, 이거 맛있는데? 고기랑 두부 말이야."

얇게 썬 돼지고기와 건두부볶음을 먹으며 노에치가 솔직한 감상을 말했다.

"그거 예전에 먹은 적 있는데. 기억나?"

"물론이지. 니혼바시에 있던 대만 요리점에서 먹었잖아.

____

쇼핑몰 맞은편 가게."

"맞아! 정답."

오래 좋아해 온 배우 오사와 켄의 무대를 보려고 나쓰코가 니혼바시까지 갔을 때, 어김없이 운전기사 노릇을 해줬던 노에치와 밥을 먹은 적이 있었다.

"건두부 진짜 맛있네."

나쓰코 본인도 인정했다. 가게에서 먹었던 맛을 재현하고 싶었다기보다, 일단 건두부라는 재료를 요리해 보고 싶은 마음이었는데 맛이 상당히 좋았다.

처음 먹어보는 수련채도 아삭해서 맛있었다. 공심채와 비슷한데, 가늘면서 살짝 산미가 느껴지는 맛이었다.

『고령가 소년 살인 사건』은 조용한 분위기로 시작되었다.

교육열이 높은 아버지가 나오는데, 자기 아들이 중학교 야간반이 된 사실에 의문이 생겨서 관계자를 찾아가 채점이 틀린 건 아닌지 항의한다.

종전 후 대륙에서 대만으로 건너온 한 가족의 이야기였다.

그들은 일본 가옥에 살고 있었다.

일본식 벽장 안에서 자는 소년 '샤오쓰'가 귀엽게 느껴졌다. 원래 말수가 적고 차분한 성격이지만, 사춘기답게 어디로 튈지 모르는 면이 있었고 도통 속을 알 수 없는 아이였다. 중학생인 그가 주인공이었다.

"예전에 봤을 때도 느낀 건데, 이 애 말이야, 켄짱이랑 좀 닮지 않았니?"

노에치의 말에 나쓰코 역시 동의했다.

'켄짱'은 나쓰코가 오래전부터 팬이었던 오사와 켄의 애칭이었다. 벌써 삼십 몇 년 전부터 나쓰코가 그렇게 불러와서 노에치도 따라 불렀다. 팬 중에는 '켄 군' '켄 씨'라고 부르는 이도 있었지만, 나쓰코와 노에치는 '켄짱'파였다.

"그러게, 젊은 시절의 모습이랑 닮았네."

나쓰코는 대답했다. 미야자와 리에가 '헐, 대박 사건'이라는 대사를 외치곤 했던 드라마에 출연했을 때, 오사와 켄이 맡은 동급생 '란마루' 역할을 좋아해서 그때부터 쭉 팬이었다. 차멀미를 무릅쓰고 오사카의 긴테쓰 극장까지 연극 『검찰 측 증인』을 보러 가거나, 그가 대형 프로덕션에 소속되어 있던 시절에는 매주 갱신되는 스케줄표를 늘 전화로 확인하곤 했다. 『세계 감동 체험기』를 녹화할 때도 노에치와 둘이 방청객으로 참가한 적이 있었다.

조금 구설수가 있긴 했지만, 나쓰코가 십 대 후반부터

쭉 응원해 온 '최애' 배우였다.

그를 쫓아다니다가 알게 된 팬 동지 세 사람(기요미 씨, 구니짱, 이사오 씨)과는 지금도 단체 대화방(켄 군에게 건배☆)에서 늘 최신 정보를 교환했다.

다음 무대는 9월에 있을 리딩극『하녀들』이었다.

"노에치, 넌 이 영화 두 번째 보는 거지?"

제목에 걸맞게 소년들의 폭력 장면이 꽤 많이 나오는데도, 어쩐지 느긋한 분위기로 진행돼서 마음이 편안해지는 영화였다. 주인공 아이가 사랑스러워서 그런 모양이라고 생각하며 나쓰코가 물었다.

"응. 두 번째일걸."

노에치도 대답한 뒤 물었다. "낫짱 넌?"

"아마, 난 세 번째."

"설마……."

"진짜야!"

"내성적으로 보이는 저 샤오쓰란 애가 여자애를 죽이는 내용이었지."

"아냐, 안 죽여."

"뭔 소리야, 죽이거든."

이상하게도 뭔가 기억이 다르다고 생각하며 지파이를

나눈 뒤 달달한 샌드위치를 먹었다.

"빙수 맛있겠다."

화면에 음식이 나오자 노에치가 곧장 반응했다.

"하겐다즈 아이스크림 있어. 이따 먹자."

"그래, 좋아."

그러더니 노에치가 나쓰코를 쳐다봤다. "낫짱, 오늘 그 차림은 혹시 샤오쓰를 흉내 낸 거야?"

"뭐, 이거?"

나쓰코는 하얀 오픈칼라셔츠에 헐렁한 베이지색 바지를 입고 있었다.

샤오쓰가 다니는 건국중학교 야간반 교복은 위아래가 카키색이었지만, 종종 하얀 오픈칼라셔츠에 반바지를 입는 장면도 나왔다.

사실 우연이었지만, 그것도 좋을 것 같아서 나쓰코는 대답했다.

"맞아. 샤오쓰 코스프레."

3

아사노와 프로레슬링을 보러 갔던 날, 아케이드 상점가

에서 나쓰코가 점찍었던 철물 잡화점은 찾을 수 없었다.

두 해 만의 방문이어서 가게 위치가 가물가물했지만, 여기인가 싶은 곳에는 셔터가 내려진 낡은 건물이 있을 뿐이었다.

"오늘 여기는 휴무인가요?"

때마침 그 앞에 자전거를 멈춰 세운 젊은 여자에게 물었더니 친절히 알려주었다.

"영업 안 하는 것 같아요. 늘 닫혀 있던데요."

아쉬웠다. 모처럼 여기까지 온 김에 빈티지 보물을 또 찾고 싶었는데.

"이런, 좀 더 매입하고 싶었는데."

나쓰코가 속내를 털어놓자, 노에치가 나무랐다.

"낫짱, 그거 전매잖아."

"그런 식으로 말하지 마. 감정하는 거라고 해줄래? 옛날 식기가 잔뜩 있었는데."

"아직 있을 리가 있니. 당시에도 가게 앞에서 할인 판매인가 뭔가를 하던 중이었잖아."

"아니, 그거 말고. 저쪽 구석 선반에 있던 거."

노에치가 아무것도 기억하고 있지 않다는 사실에 놀라면서, 나쓰코는 닫힌 셔터의 오른쪽을 가리켰다.

가게 앞에 원터치 우산과 물티슈 따위가 진열되어 있던 철물 잡화점 선반에서, 두 해 전 나쓰코는 귀여운 컵과 받침 접시를 발견했다.

규칙적으로 늘어선 테두리 안에 빨간 꽃과 커다란 핑크색 꽃, 잎이 달린 파란색과 노란색 꽃이 예쁘고 선명한 색으로 배치되어 있었다. 그러한 무늬가 있는 식기였다.

어쨌든 화려하고 세련된 느낌이었다.

나쓰코는 그 컵과 받침 세트를 보고 한눈에 반해버렸다.

그런데 가격표가 없었다.

가게 연식과 어울리게, 매입한 지 상당한 시간이 흐른 상품인지도 몰랐다. 포장된 비닐이 먼지를 뒤집어쓰고 있었다.

주인아저씨에게 가격을 물으려는데, 마침 먼저 온 손님이 정중앙의 계산대에서 열쇠를 복사하는 중이었다.

젊은 남녀 손님이었다. 어느 쪽이 이사를 온 걸까. 막 사귀기 시작한 건가. 함께 사는 건가?

일단 구석으로 되돌아가 컵과 받침 세트를 재차 들여다본 나쓰코는, 역시 갖고 싶은 마음에 1인 세트를 손에 들었다.

그 외에도 가게 안에는 법랑 냄비와 주전자, 꽃무늬 전기포트 등 어쨌든 매입 시기를 가늠하기 힘든 상품들이 잔

뚝 진열되어 있었다.

소쿠리와 식기 건조대, 수도용 호스 따위가 섞여 있고, 마당을 쓰는 빗자루와 기다란 삼손 쓰레받기가 놓여 있었다. 옛날 학교에나 있었을 법한 금속제 쓰레받기였다.

"이거 얼마예요?"

먼저 온 손님이 계산까지 마치는 때를 노려서 나쓰코는 컵과 받침 세트를 계산대 위에 올려두었다.

"음…… 700엔."

아주 잠시 틈을 두고 아저씨가 대답했다.

"700엔이요?"

"네, 700엔이요."

그게 정가인지 할인된 특가인지 적당한 가격인지는 알 수 없었지만, 예상보다 훨씬 저렴했다.

예전에 매입한 물건이라 그날의 기분에 따라 팔아버려도 개의치 않는 눈치였다.

"그러면 한 세트 더 들고 올게요."

"네, 그러세요."

크게 고개를 끄덕이는 아저씨를 보며 나쓰코는 한 세트를 계산대에 놓은 뒤 다시 구석 선반으로 향했다.

같은 세트가 모두 네 개 있었는데 가격을 보고 한 세트

정도는 더 살 생각이었다.

계산대에서 두 세트분의 금액인 1,400엔을 내면서 나쓰코는 합리적인 쇼핑이었다며 희희낙락했다.

사용하기 편하면 노에치와 세트로 써도 좋을 것 같다고 생각하며 그대로 사서 돌아왔다.

당시 샀던 컵과 받침 세트 중 현재 나쓰코가 가지고 있는 건 한 세트뿐이었다.

우선 써보려고 한 세트를 꺼냈는데 상태가 굉장히 좋은 데다 잘 만들어진 최상품이었다.

게다가 아이 솜씨인 듯 단순하게 그려진 화사한 꽃 그림이 잇따라 배치되어 있어서 귀엽고 특이했다.

"물건 참 잘 샀다니까."

나쓰코는 홍차를 마시며 몇 번이나 소리 내 말할 정도로 퍽 만족스러웠다.

언제든 자기 취향의 식기를 사용하고 싶었다.

그런 인생을 꿈꾸고 있었다.

접시 뒷면에 새겨진 제작사 이름을 보니 노리타케 아이보리 차이나라고 되어 있었다.

"이거 봐봐, 노리타케 맞지?"

나쓰코는 노에치가 왔을 때 확인해 달라고 했다.

"응. 노리타케라고 쓰여 있네."

노에치도 비슷한 반응이었다. "노리타케 아이보리 차이나라는데. 이거 비싸지 않나? 검색해 봤어?"

"아직."

곧장 그 이름으로 이미지를 검색했더니 막 온라인 경매에서 똑같은 무늬의 컵과 받침 세트가 낙찰된 상태였다.

낙찰가는 두 세트에 10,000엔이었다.

"이것 좀 봐!"

나쓰코는 그 인터넷 페이지를 노에치에게 보여줬다.

"와, 대단한데. 낫짱, 얼마에 샀다고 했지?"

"한 세트에 700엔. 두 세트에 1,400엔."

"장난 아니네! 득템했잖아, 더 샀으면 좋았을걸."

"어쩔까, 아직 개봉 안 한 걸 팔까?"

살짝 뒤가 켕기면서도 나쓰코는 노에치와 얼굴을 마주 보더니 남은 한 세트의 사진을 예쁘게 찍은 뒤 '쇼와레트로 노리타케 컵&받침'이라는 제목으로 메루카리'에 출품했다.

- 종류 : 컵&받침

- 소재 : 도자기

자택 보존 상품입니다.

노리타케 Noritake

아이보리 차이나 Ivory China

컵&받침

창고에 있었습니다.

사용하지 않았습니다.

미사용 제품입니다.

화려한 꽃무늬 그림이 멋스러운 컵과 받침 세트입니다.

상자는 없습니다.

접시 뒷면에 원래부터 두 군데 오염이 있었습니다.

닦았다가 색이 변할까 봐 그대로 출품합니다.

사진으로 잘 확인해 주세요.

· 컵

지름 8.5센티미터 정도입니다.

높이 5.7센티미터 정도입니다.

· 접시

지름 15센티미터 정도.

높이 2센티미터 정도.

무척 예뻐서 티타임이 즐거워질 거예요.

사용을 원하시는 분은 망설이지 마세요.

우체국 택배 상자로 발송합니다. (m_m)

#빈티지 #식기 #도자기

이타바시구의 상점가에서 나쓰코가 한 세트당 700엔에 구매한 노리타케 컵과 받침 세트는, 메루카리에 올리자 4,500엔(배송료 포함)에 바로 팔렸다.

"와, 낫짱. 감정하는 능력이 있나 봐."

노에치가 감탄한 듯 말했다. "그런데 웬 창고? 물건 쌓아둔 저 방을 말하는 거야? 아니면 그 가게 구석에 있던 선반을 말하는 거야?"

"양쪽 다야!"

나쓰코는 딱 잘라 대답하더니 이어 말했다. "그런데 노에치 너 말이야. 그때 그런 구석의 선반까지 볼 필요가 뭐가 있

냐는 둥, 그러다 오늘 안에 집에 못 간다는 둥 얄미운 소리
만 했잖아.”

“내가 그랬나?”

“응. 그런 매정한 말에 휘둘리지 않고 나 자신을 믿어서
다행이었다니까. 자화자찬하고 싶은 심정이라고.”

“면목이 없네.”

노에치가 제대로 사과했으므로 그 수익으로 함께 햄버
거를 먹으러 갔다.

매시드 포테이토를 올린 햄버거가 일품인 단지 근처 가
게였다. 줄곧 마음에 들어 하던 가게였는데 최근에는 거
의 가지 않았다.

나쓰코는 본인이 가진 컵과 받침 세트를 사용할 때마
다 지난 추억과 더불어, 두 해 전에 방문했던 철물 잡화점
의 어수선한 분위기와 그날 여벌 열쇠를 만들던 젊은 남
녀의 모습이 종종 떠올랐다.

앞으로는 그 가게가 더 이상 존재하지 않는다는 사실
도 분명 떠오를 것이다.

4

『고령가 소년 살인 사건』은 조용한 영화였다.

툭하면 떨어지는 옷 단추를 안전핀으로 고정하는 여동생. 옷 만들기를 좋아하는 멋쟁이 누나. 함께 어울려 노는 또래 친구들. 리틀 프레슬리. 중학교 옆에 있는 영화 스튜디오…….

그러다 결국 커다란 사건을 일으키는 샤오쓰.

"이 장면이 기억 안 난다고? 낫짱, 너도 어지간하다."

"흐음, 이런 장면이 있었나."

"있었다니까."

"그러게."

나쓰코는 고개를 끄덕이고 스마트폰을 만지작거렸다.

"대박! 샤오쓰 역할로 나오는 장첸 말이야, 『해피투게더』에 나왔네!"

"무슨 역할로?"

"그 있잖아, 양조위가 갈아타는 상대."

"어머, 그렇구나."

"그거 보자, 다음 영화는 『해피투게더』로."

"좋지."

그러더니 제1회 대만 영화제에서, 늘 그렇듯 '아시아 영화제’ 혹은 제1회 ‘장첸 영화제’로 변경되었다.

다음 상영은 십오 분 뒤.

나쓰코는 화장실에 다녀온 다음 빈 접시를 치우고 자리에 서서 잠시 체조를 했다.

“아이스크림 먹을까? 하겐다즈 크리스피 샌드가 있거든.”

“응, 먹을래.”

노에치가 손을 들어서 나쓰코는 주방으로 향했다.

그런데 아이스크림이 있어야 할 냉동 칸에는 아무것도 없었다.

그 대신 소분해서 상자에 담아둔 ‘냉동 참마’ 팩이 있었다.

나쓰코가 빈손인 채 돌아와 상황을 전했더니, 노에치는 “으하하하” 하며 우스꽝스럽게 웃었다. 그러더니 한 번 더 “으하하하” 하고 웃는다.

“참나, 실없기는. 역시 낫짱이라니까.”

“입구 쪽이 완전 하겐다즈처럼 보였는데. 참마였다니!”

결국 아이스크림은 건너뛰고 『해피투게더』를 틀었다.

“있잖아, 우린 왜 홍콩 게이 커플이 아르헨티나에서 사랑싸움이나 하는 영화를 몇 번이나 보고 있는 걸까?”

나쓰코가 진심 어린 의문을 던졌다.

“글쎄, 보편성이 있어서가 아닐까?”

학자 노에치가 대답했다. "그리고 낫짱이 그런 쪽을 좋아하는 오타쿠여서겠지. 게다가 역시 장국영이잖아. 장국영 얼마나 좋니. 『매염방』 보고 싶은데, 한 달만 디즈니플러스 가입하지 않을래? 나도 절반 낼게."

『매염방』은 홍콩 가수이자 여배우인 매염방의 생애를 그린 전기 영화였다. 그 감독판이 다섯 편의 시리즈로 디즈니플러스에서 제공되고 있었다.

일찍 세상을 떠난 매염방은 장국영의 절친한 친구이기도 했다.

사쿠마 아주머니가 맡긴 케이크 스탠드는 엷은 꽃무늬가 들어간 귀여운 물건이었다.

되도록 빨리 처리해 주려고 사진을 예쁘게 찍어 메루카리에 올렸더니 사흘 만에 팔렸다.

어렸을 때 이 시리즈의 스탠드를 사용해서 자주 케이크를 먹곤 했어요. 다시 사용하고 싶어서 찾고 있었죠. 이렇게 오래된 상품을 '신품!'으로 팔고 있을 줄은 몰랐어요! 기뻐요. 소중히 사용할게요.

상품이 도착하기도 전에 구매자는 기뻐해 주었다.

나쓰코도 덩달아 기분이 좋아지는 메시지였다.

이 예측 불가능한 일이 즐거웠다.

역시 이 일을 좋아하는 건지도 모른다.

일단 구매자와 메시지를 주고받은 뒤 아주머니에게 '팔렸다'라는 사실을 빨리 알려주려고 나쓰코는 키위브라더스의 보냉백을 들고 훌쩍 집을 나와 단지 안을 돌아다녔지만, 아주머니는 만나지 못했다. 그대로 나쓰코는 근처 슈퍼마켓으로 아이스크림을 사러 갔다.

오늘의 판매액

☐ 나루미 본차이나 케이크 스탠드 (사쿠마 아주머니와 절반씩 나누기)	4,000엔

오늘의 쇼핑

하겐다즈 크리스피 샌드 ☐ (리치 캐러멜 2개+리치 스토로베리 2개/ 특가 199엔×4)	796엔
☐ 가리가리군 소다맛 아이스바 (구개들이 1박스/특가)	194엔

필요해? 필요 없어?

모르겠어

1

― 낫짱, 큰일이야. 오빠가 왔어.

일요일 아침 10시에 노에치로부터 긴급 연락이 왔다.

― 도망쳐!

당장이라도 소리를 지를 듯한 기세의 전화에 나쓰코는 바로 잠이 깼다. 그러면서 허둥지둥 잠옷 차림으로 밖에 뛰쳐나가기보다는, 조금 기다려 달라고 한 뒤 옷을 갈아입고 나가는 쪽이 나으리라 생각했다.

"……알았어. 가볼게."

나쓰코는 겨우 대답한 뒤 노에치와 함께 외출하기로 했다.

사실 바로 사흘 전 노에치에게 들은 말이 있긴 했다.

"찔끔찔끔 물건을 보내기도 번거로운 데다 언제 정리

가 끝날지도 알 수 없으니, 우리 둘이 한번 다마가와로 와서 필요한 게 있으면 한꺼번에 가져가라고 오빠한테 연락이 왔어."

"후미짱 본가가 다마가와 옆이었나?"

"응. 게이오타마가와역 쪽이야. 여기에서 차로 삼십 분쯤 걸릴걸. 못 갈 정도는 아닌 것 같기도 하고."

"음, 어쩐다……."

나쓰코는 고민하며 답을 미루고 있었다.

최근 아쓰 오빠로부터 택배가 자주 오는 건, 매주 그가 아내 후미짱의 본가에 물건을 정리하러 가기 때문이었다.

팔 년 전 아쓰 오빠의 장인어른이 돌아가신 뒤 혼자 살고 있던 장모님마저 재작년 봄에 타계한 후, 넓은 단독주택에는 아무도 살고 있지 않은 모양이었다.

조금씩 내부를 정리하면서 앞으로 집을 어떻게 활용할지 고민 중이라고 했다.

"저택이라는데, 장인어른이랑 장모님은 물건을 일단 쌓아두고 보는 분들이었다나 봐. 창고 안이 포화 상태래."

"창고가 있구나."

"옷방도 마찬가지고."

"옷방이라."

"저번에 받은 데코이랑 식기를 팔아서 너랑 맛있는 거 사 먹었다고 했더니, 오빠가 부지런히 보내주는 것 같아."

"물자 지원인 셈이네."

"그렇지. 안 팔면 잡동사니일 뿐이지만."

"아쓰 오빠와 우리 정도의 관계면 거리낌 없이 직접 식재료를 보내줘도 될 텐데. 현금도 좋고."

"식재료나 현금을 주지 않는 건 오빠 나름의 원칙이 아닐까 싶어. 과거 문제아 시절의 원칙인지, 경영자가 된 지금의 원칙인지는 모르겠지만."

"그래도 덕을 보고 있답니다."

나쓰코가 봉긋하게 부풀리듯 두 손을 모으며 인사하자, 노에치도 똑같이 따라 했다.

"이 동작, 태국에서 뭐라고 하더라?"

직접 동작을 취했으면서도 나쓰코는 물었다.

"'컵쿤카'라고 하면서 손 모으는 거? 와이°일걸."

노에치가 가르쳐준다.

"역시 척척박사라니까, 태국의 비엘을 즐겨보는 사람다워."

"너희 집에서만 보거든."

그런 수다를 떨다가 아쓰 오빠에게 답장 보낸다는 걸
깜빡 잊어버렸다.

나쓰코가 준비를 마치고 집을 나섰을 때 마침 맞은편
에서 노에치가 걸어오고 있었다.

"오빠가 자기 차로 태워준대. 부피도 크니까 집에 갈 때
도 짐을 들어준다면서."

"어머나."

"낫짱은 내가 운전하는 차가 아니면 타기 힘들다고 말
했어. 그랬더니 전에도 몇 번 태운 적이 있다면서 말을 안
듣잖아. 어쩔래, 도망갈래?"

"아쓰 오빠가 운전하는 차라……."

확실히 옛날에 나쓰코는 지금처럼 차멀미가 심하지 않
았던 시절, 노에치와 둘이 그의 차를 얻어 타고 다닌 기억이
있었다. 아사가야나 고엔지, 기치조지 같은 곳을 돌아다녔
다. 스물 안팎이던 아쓰 오빠가 처음 차를 샀을 때였다.

대출금을 상환하려면 아직 까마득하다는 식의 우스꽝
스러운 자랑을 하곤 했지만, 비교적 운전 자체는 진중하
고 능숙했다.

그래서 나쓰코는 딱히 나쁜 기억이 없었다.

"그럼 타볼까. 그 대신 가는 도중에 못 견딜 것 같으면 말할게."

"어떻게 그래."

노에치가 곤란한 표정을 지었다.

"아냐, 정말로. 너 혼자 가서 물건을 고르고 그다음에 날 태우고 가면 되잖아. 난 어딘가에서 시간 보내고 있을게."

"진심이야?"

"응, 그렇다니까."

그래도 상관없다고 생각했더니 나쓰코는 마음이 꽤 편해졌다.

"아직 자고 있었냐."

널찍해 보이는 뒷좌석에 두 사람이 올라타자, 운전석에 있던 아쓰 오빠는 한마디 던지더니 힐끗 돌아보며 물었다.

"하긴, 일요일이니까. 우리 집 나루 녀석이 나쓰코 너랑 비슷한 직업을 갖고 싶다고 하네. 어때, 역시 자유롭나?"

나루는 아쓰 오빠의 자식들 중 늦둥이 막내딸이었다. 아직 열여덟인가 열아홉 살 정도였다. 어느덧 삼십 대인

장남과 차남은 진작 결혼했다.

"직업이라면 온라인 경매를 말하는 거예요?"

"일러스트 쪽 말이야. 아직 그림 그리지?"

"뭐, 그렇죠. 지금은 거의 의뢰가 없지만."

"그렇군. 느긋하게 일하는 것도 괜찮지. 죽어라 일할 나이도 아니니까."

오랜만에 보는 아쓰 오빠는 여전히 무뚝뚝했지만 친절했다.

나이를 먹으면서 운전도 더 진중하게 하려는 건지도 모른다.

나쓰코가 화장실에 들르고 싶다고 하자, 아쓰 오빠는 곧장 도로변의 커다란 세븐일레븐 앞에 차를 세워주었다. 그는 나쓰코가 화장실에 다녀온 뒤 출발해도 된다고 말하기 전까지 재촉하는 기색 없이 기다려주었다.

꼭 그렇게 해야 한다고 노에치가 귀가 따가울 정도로 말한 영향도 있을 것이다.

"그나저나 괜찮아 보이네. 충분히 갈 수 있겠군."

"그런 말 하지 마!"

아쓰 오빠가 가벼이 건네는 말에도 노에치가 나서서 혼내주니 나쓰코는 고마웠다.

결국 나쓰코가 잠시 쉬었다 가자고 부탁한 건 그때 한 번뿐이었다. 딱히 멀미도 하지 않은 채, 경륜장에서 그리 멀지 않은 주택가에 있는 널찍한 단독주택에 도착했다.

도로를 사이에 두고 건너편에 다마가와 강이 있었다.

2

리모컨으로 까만 철책을 연 뒤 아쓰 오빠는 앞뜰에 차를 세웠다.

가지가 싹둑 잘린, 굵은 줄기의 나무 한 그루가 서 있었다.

나쓰코와 노에치는 차에서 내린 뒤 나무를 바라봤다.

"느티나무인데 가지가 쭉쭉 자라는 통에 낙엽이 질 때마다 상당히 골치였어. 장모님이 정정하실 때는 매일 근처에 떨어진 낙엽까지 부지런히 비질하셨는데 점점 힘들어져서."

아쓰 오빠는 말을 이었다. "그래서 후미코가 대신 청소하곤 했지. 부모님이 좋아하시는 나무였으니까. 이젠 충분히 했다 싶더군. 우선순위의 문제랄까."

"그랬구나." 나쓰코와 노에치는 고개를 끄덕였다.

딱히 나무에 핀잔을 주려던 눈빛은 아니었지만, 분명 둘 다 인상을 꽤 찌푸렸던 모양이었다.

집에 들어가 보니 안이 상당히 휑했다.

대합실 느낌의 현관에서 안쪽까지 복도가 길게 이어져 있었다.

친척끼리 유품을 나누고 장모님의 3주기 법회도 끝난 상태였다. 이제 집 정리만 남았다고 했는데, 안쪽 거실로 들어가 보니 테이블과 의자는 그대로였고 텔레비전도 있었다.

작은 글씨로 뭔가 메모한 흔적이 있는 달력은 한눈에도 날짜가 오래 지나 보였지만, 에어컨은 여전히 작동되는 듯했고 충분히 생활할 수 있는 공간으로 보였다.

"오늘은 이쪽이야."

아쓰 오빠가 거실에 있는 커다란 수납장을 열었다.

천장까지 이어지는 미닫이로 된 수납장이었다. 삼단으로 나뉘어 있었는데 지금도 물건으로 꽉 찬 상태였다.

그는 주방에서 들고 온 나무 발판에 올라서더니, 일단 맨 위쪽 선반에 있는 수납함을 전부 꺼내 바닥에 내려놓았다.

그러고는 안의 내용물을 하나둘 확인해 나갔다.

필요한 물건, 필요 없는 물건, 보류할 물건.

그런 식으로 시간을 들여가며 이 집안 사람과 서서히 작별하고 있는 걸지도 몰랐다.

나쓰코와 노에치도 새 목장갑을 끼고 작업을 도왔다.

"이거 어떠냐?"

그는 얇은 상자에 든 목조 쟁반, 술 주전자와 술병, 종지 세트, 은으로 된 과일 바구니 따위를 나쓰코에게 추천했다.

"음, 글쎄. 이런 물건은 단지에서도 많이 맡겨서요."

"그래도 이 집안 물건은 가격이 꽤 나간다고. 계속 방치 상태이긴 했지만."

"그런가."

다만, 깨끗하게 닦아 출품해야 하는 수고까지 생각하자 나쓰코는 쉽사리 가져가겠다는 말이 나오지 않았다.

"안 팔리면 처분하면 되고. 이거랑 세트로 어때?"

아쓰 오빠가 한 번 더 권하니 살짝 마음이 흔들렸다.

"원하는 사람한테 줘도 돼요?"

"그야 대환영이지."

"좋아요. 그러면 받을게요."

거의 반강제로 나쓰코에게 넘기는 물건이 차근차근

쌓여갔다.

거실 수납장에 있는 물건은 거의 식기류였다.

예전부터 여러 번 보내줬던 데코이와 야드로 인형 같은 물건들은 현관 바로 왼쪽에 화려한 샹들리에가 달려 있는 서양식 방에 놓던 장식품인 듯했다.

"저쪽 방에도 아직 그림이 한가득 있어. 상자에 담아 놓았는데."

아쓰 오빠가 힐끗 시선을 주자, 나쓰코는 황급히 눈을 피했다.

"미술 전집 같은 것도 있는데, 필요 없어?"

"됐어요, 그건. 무거워서 힘들어."

"그런가, 아깝군."

두 번째 선반에 있던 짐도 전부 내려서 안을 모두 확인했을 무렵, 아쓰 오빠의 아내인 후미짱이 초밥 도시락을 사 왔다.

"집 정리를 돕게 해서 미안해요."

"별말씀을요. 보물을 가득 받았는걸요."

노에치와 나쓰코는 붙임성 좋게 응대한 뒤 거실의 둥근 탁자에 둘러앉아 같이 초밥을 먹었다.

"오빠, 이 근방에 잠깐 산책 다녀와도 돼?"

노에치가 물었다.

"그래라. 쉬었다 와."

아쓰 오빠가 대답했다.

"기타로 만주를 사 왔는데, 가지고 갈래요?"

후미짱의 말에 《게게게의 기타로》를 좋아하는 나쓰코는 고개를 끄덕였다.

캐릭터 모양을 본떠 만든 풀빵을 노에치와 하나씩 받았다. 나쓰코는 안에 팥소와 찹쌀 경단이 든 '기타로 씨'(라고 불러서 후미짱이 웃었다)를, 노에치는 안에 오코노미야키˙가 든 '누리카베'를 골랐다.

"어머, 괜찮겠어? 초밥을 먹은 뒤잖아. 오코노미야키라니."

나쓰코가 놀라 물었다.

"끄떡없어."

노에치가 대답했다.

아쓰 오빠가 현관까지 쫓아오더니 페트병에 담긴 차를 하나씩 건네주며 말했다.

"이거 들고 가라."

● 밀가루 반죽에 여러 재료를 섞어 철판에 구워 만드는 일본식 부침개

간식을 손에 든 채 두 사람은 다마가와 강 쪽으로 걸었다.

"저기, 낫짱. 그렇게 주는 족족 가져갈 필요 없어. 오빠 말은, 만약 필요하면 몇 개든 가지고 가라는 뜻이니까. 그렇게 전부 다 가져갔다가는 지금 집 안에 다 못 넣을걸."

"그러게. 이렇게 넓은 집에서도 처치 곤란일 정도인데."

나쓰코도 냉정해졌다. "그런데 내가 거절하면 나머지는 폐기 처분되는 게 아닌가 싶어서."

"괜찮아, 네가 간 뒤에는 재활용업자가 올 테니까."

"음, 그런가."

"어쨌든 네가 마지막 보루는 아니란 소리야."

"네, 알겠습니다." 어느새 두 사람은 다마가와 강둑에 다다랐다.

산책길을 벗어나 둑으로 내려가 강가로 가서 그 옆을 산책했다.

반짝반짝 빛나는 강물에 이따금 생물 같은 것이 움직이는 모습이 보였다.

바로 근처에 있는 철교 위로 게이오선 전철이 지나갔다.

"지금 생각난 건데 말이야. 진짜 그랬었는지 아니면 그런 꿈을 꾼 건지 확실하진 않은데, 나 아쓰 오빠한테 일에 관한 상담을 받은 적이 한 번 있어."

“네가 오빠한테? 언제? 몇 살쯤에?”

노에치가 신기하다는 듯 물었다.

“아마 이십 대 중반이었을 거야. 엄청 큰 일러스트 프로젝트를 맡았는데, 의욕이 너무 넘쳐서 허둥대는 바람에 뭘 어떻게 그릴지 도통 모르겠는 거야. 그래서 딱 하루만 잠적하고 도망친 적이 있었거든. 단지로 몰래 돌아왔는데, 그 시간이면 이미 집에 없을 아쓰 오빠랑 딱 마주친 거지.”

“내가 아니었네!”

“그러게. 널 만나고 싶었는데.”

나쓰코는 웃었다. “그래서 너 대신 아쓰 오빠한테 상담했어. 큰 프로젝트라 자신이 없다고 농담처럼 말했지. 그랬더니 오빠가 진지한 표정으로 묵묵히 들어줬어. 그렇게 말없이 계속 들어주다가 마지막에 딱 한마디 하더라. ‘지금 노력하지 않으면 언제 노력할 거냐!’라고.”

“열정적이었네, 오빠. 열정이 넘쳤어.”

“내 말이. 그러고는 차에 타라고 하더니 데니스˙에 데려가서 팬케이크를 사주고 다시 집까지 데려다줬어. 근처에

˙　프랜차이즈 패밀리레스토랑

내려줘도 된다고 했는데도, 안 된다면서 집까지 왔다니까. 정말 당시에 살던 집 바로 앞까지."

"오빠답네."

노에치는 즐거운 듯 말했다. "오빠는 네 일러스트 일을 응원하고 있었거든. 정말 멋지다면서 말이야."

"정말? 그랬구나."

나쓰코는 대답했다.

"물건, 더 채워놨다."

후미짱의 친정으로 돌아왔더니 아쓰 오빠가 히죽 웃으며 말했다.

"아유, 안 된다니까. 낫짱 집은 이미 짐이 한가득이라고."

벌써 물건을 옮기고 난 뒤를 상상했다는 듯 노에치가 말했다. "뭘 더 넣은 건데?"

"이거랑 이거, 그리고 이거."

노에치는 오빠가 가리키는 세 가지 물건을 꺼내 나쓰코에게 보여줬다.

나쓰코는 재차 필요한 물건인지 고민했다. 아쓰 오빠에게는 미안하지만, 그 물건들은 다 놓고 가기로 했다.

따로 차를 끌고 온 후미짱이 뒷정리와 문단속을 하기

로 하고, 나쓰코와 노에치는 단지까지 아쓰 오빠의 차를
타고 먼저 출발했다.

단지에 도착해서 차를 세운 뒤 셋이 부지런히 나쓰코
의 집까지 짐을 옮기는데, 사쿠마 아주머니가 흥미진진
한 표정으로 말을 걸어왔다.

"뭐 하니?"

"새언니네 친정에서 보물을 받아오는 길이에요."

"어머, 멋진 물건이 있으려나."

"이번에는 거의 식기예요." 노에치가 말했다.

"식기들이 다양하니까 또 구경하러 오세요."

가볍게 대꾸한 뒤 현관 앞까지 짐을 옮겨 털썩털썩 내
려놓았다.

"저녁밥도 못 사줘서 미안하지만, 이만 간다."

아쓰 오빠가 곧 돌아가고 부산했던 반나절이 끝났다.

"휴우." 한숨을 내쉬며 나쓰코는 노에치와 얼굴을 마주
봤다.

"이렇게나 받아버렸으니, 어쩐다."

"바자회를 한번 열자. 안 그러면 이거 정리 못 해."

노에치가 단호하게 제안했다.

"바자회라, 그래. 사쿠마 아주머니한테 사람을 모아달

라고 하자."

곤란할 때는 남에게 부탁하자며 두 사람은 서로 고개를 끄덕였다.

그날 밤, 나쓰코는 얼마 전 슈퍼에서 산 유명 라면집 생면을 자기 방식대로 조리했다.

멸치 육수로 유명한 가게의 레시피를 변경한 것이었다. 한 달에 한두 번은 그 앞을 지나갈 만큼 제법 가까운 곳에 있는 가게였지만, 항상 손님이 밖에서 줄을 서고 있었다.

그래서 나쓰코도 노에치도 가게에 가서 먹어본 적이 없었다.

"이거 무순이랑 잘 어울리네."

면을 후루룩 먹은 노에치는 무순까지 우적우적 씹더니 행복한 표정으로 말했다.

"아, 손님. 이거 우리 가게 오리지널이에요."

나쓰코가 의기양양하게 대꾸했다. 본점의 사진에는 차슈*와 멘마**, 파, 어묵이 토핑이었다.

“맞다, 그것도 맛있었는데. 로쿠린샤•의 쓰케멘. 그것도 낫짱 네가 해준 적 있었나. 면발이 통통하게 살아 있었잖아.”

“그 가게도 직접 가서 먹은 적은 없었던 것 같은데.”

“맛있어서 어쩐지 잊지 못할 맛이야.”

노에치의 말에 나쓰코도 기분이 좋아졌다.

3

“낫짱, 큰일이야! 오빠한테 연락이 왔는데 후미짱이랑 둘이 코로나에 걸려서 열이 난다네. 우리도 조심하래.”

집에 들어서자마자 노에치가 이런 말을 꺼낸 건, 후미짱 본가에 다녀온 지 나흘이 지난 뒤였다. “옮았다면 미안하대. 낫짱, 상태는 어때?”

“음…… 아무렇지도 않은데.”

“나도……. 이러다 열이 나는 건가.”

“그러려나. 아쓰 오빠네는 어때?”

“오빠는 그렇게 심하진 않은 모양인데, 후미짱은 고열

때문에 해열제를 먹었는데도 열이 38도 이하로 안 내려가
서 균을 죽이는 약을 처방받았나 봐."

"세상에, 힘드시겠다."

최근 다시 유행한다는 말은 들었지만, 이제는 다들 감
기처럼 여겼으므로 나쓰코나 노에치도 딱히 신경 쓰지는
않았다. 거의 집에 있는 나쓰코는, 타인에게 옮을 일도 없
어서 대수롭지 않게 여기는 면도 있었다.

그런데 느닷없이 코앞에 닥친 문제가 된 것이다.

"어쩔 거야, 노에치. 부모님한테 옮기면 곤란하잖아."

일단 친구를 집에 들인 뒤 오랜만에 상대와의 거리를
조금 신경 쓰면서 나쓰코가 물었다.

"그러게, 고령자니까."

노에치도 말했다. "역시 코로나에 걸리면 중증으로 악
화될 위험이 크려나."

"그렇지. 노에치 넌 당분간 우리 집에 와 있어도 되잖아.
아직 대학교는 방학이니까."

"그러는 편이 좋을까?"

"응, 그렇게 해."

나쓰코는 말했다. 일요일에 종일 같이 있었으니, 옮았
다면 둘 다 걸렸을 것이다. 게다가 두 사람은 월요일부터

거의 매일 같이 지내고 있었다. "만약 노에치 네가 옮았다
면 이미 부모님도 그러실 가능성이 크지만, 그건 그때 가
서 생각하자."

"잠복기에는 어쩔 도리가 없네."

"우리도 누군가 먼저 열이 나면 간병해 주기로 할까?"

"그러자."

"노에치, 식욕은? 배고파?"

"응."

"그건 다행이네."

그대로 나쓰코가 만든 저녁을 먹고 인터넷으로 드라
마를 봤다.

적절한 틈을 타 노에치가 슬그머니 집으로 갔고 숙박
에 필요한 물건을 챙겨 곧 돌아왔다.

"얼마간 여기서 잔다고 말해뒀어. 코로나 옮기면 안 된
다고."

"그랬더니 뭐라셔?"

"엄마가 최대한 민폐 끼치지 말래. 참나, 놀러 가는 것도
아닌데."

"그렇게 생각하셨나 보네."

나쓰코는 웃었다. "그나저나 이번 주에도 거의 집에 안

들어갔으니 다행이다. 매일 여기 있었잖아.”

“하긴. 지난주부터 아빠랑 거의 대화한 적이 없는 것 같아.”

“그렇다면 열이 나는 쪽은 역시 우리 둘이려나.”

“그러게.”

“시간 차가 있었으면 좋겠다. 간병할 수 있게 말이야.”

그리하여 마음을 다잡고 노에치는 사흘 동안 나쓰코의 집에 묵었지만, 다행히 아무도 열이 나지 않았고 식욕도 줄지 않은 채 평소와 똑같이 지냈다.

나흘째 되는 날, 일단 해산 후 노에치는 집으로 돌아갔다. 그 후에도 상태는 변함없었다.

열이 났던 아쓰 오빠도 안심했다는 듯 연락을 주었다.

— 계속 식욕이 있다면 괜찮겠지. 안 옮았나 보군.

　　　전부 공짜! 사용할 수 있는 물건은 마음대로 가져가세요.

9월에 접어들자, 나쓰코는 쾌청한 일요일에 벼르던 바자회를 개최했다.

그래봤자 동 앞의 공간에 돗자리를 깔고 접이식 알루

미뉴 테이블을 놓은 뒤 그 위아래에 식기와 꽃병, 쟁반 따위를 늘어놓은 것뿐이었다.

돈도 받지 않으니 바자회는 아닐지도 모른다.

어쨌든 노에치와 함께 베란다 쪽에 돗자리를 깔고 물건을 놓고 있는데 사쿠마 아주머니가 도와주러 왔다.

일일이 현관을 드나들기도 귀찮아서, 노에치를 밖에 세우고 나쓰코가 베란다 난간 너머로 물건을 건네주던 중이었다.

꼼꼼하게 햇빛을 차단한 복장으로 아주머니가 다가오더니 함께 물건을 받아줬다.

"여기에 두면 되니?"

"네, 그 근처요. 어디든 비어 있는 곳에 두시면 돼요."

"이건?"

"그건 저쪽으로요."

"여기저기 말해놨단다. 오늘 낮짱 집 근처에서 멋진 교환회가 열린다고 말이야."

"교환회요?"

나쓰코는 고개를 갸웃했다.

베란다까지 물건 옮기기가 일단락되자 나쓰코는 보온병에 담긴 커피를 작은 종이컵에 따른 뒤 난간 틈으로 아주머니에게 "드세요" 하며 건넸다.

"오시는 분들에게 이 미니 컵으로 커피를 대접하려고
요."

"어머, 멋지구나."

"칼디•를 흉내 낸 거지만요."

"달고 맛있네."

아주머니가 호로록 커피를 마셨다.

노에치에게도 종이컵에 커피를 따라 건넸다.

"맞다, 아주머니. 맛치 좋아하세요?"

자신도 한 잔 따라 마시며 나쓰코가 물었다.

"맛치가 누군데?"

사쿠마 아주머니가 되물었다.

"곤도 마사히코••말이에요."

옆에서 노에치가 재빨리 대꾸했다.

"아아, 그 맛치•••말이구나. 그냥저냥 보통이랄까. 맛치

<hr>

•   커피와 수입 식품 등을 판매하는 종합 식품점으로, 방문 고객에게 커피를
대접하는 서비스가 있다.

••   近藤真彦, 일본의 가수이자 배우, 레이싱팀 감독. 전 소속사가 남성 연예인
전문 대형 기획사인 '쟈니스'였다.

•••   쟈니스 소속 시절에 붙은 곤도 마사히코의 애칭

는 왜? 쟈니스에서는 나왔다던데."

"맛치가 홍콩가수 매염방이랑 사귀었던 거 아셨어요?"

베란다 너머로 나쓰코가 물었다.

"잘 모르겠구나."

나쓰코는 매염방의 전기 영화『매염방』의 감독판을 보기 위해 한 달만 디즈니플러스에 가입하기로 하고, 노에치와 함께 그 영화를 봤었다.

"둘이 사귀면서 매염방이 일본에도 자주 왔던 모양이에요. 그러다 맛치 소속사에 들키는 바람에 결국 헤어졌대요."

불우했던 시절부터 친구였던 장국영과 콘서트에 초대하기로 한 약속을 지켜낸 이야기도 멋졌지만, 역시 영화를 돋보이게 한 에피소드는 그 일본 스타와 나눈 비련의 사랑 이야기였다.

나쓰코는 매염방이 마흔을 코앞에 두고 자궁경부암에 걸리자, 투병과 재기를 다짐하며 그녀가 홍콩 원형 극장 콘서트에서 부른 마지막 곡을 떠올렸다.

"매염방이 무척 긴 베일이 달린 웨딩드레스를 입고 나와서 맛치의 노래를 불렀어요,「노을의 노래」라는 곡을요."

그 노래는 영화『영웅본색3』의 주제가였는데, 매염방이 광둥어로 부른 버전이 영화의 엔딩곡으로 나와서 홍콩에서 크게 히트를 했다.

"영화에 맛치가 나오는 거야?"

"안 나와요. 하지만 매염방의 숨겨진 연인이 일본의 인기 아이돌 가수였다는 에피소드가 홍콩에선 유명했는지, 그 이야기가 비중을 많이 차지했어요. 역시나 실명을 피하려는 건지 이름이 살짝 다르게 나왔지만요."

"그 영화에는 누가 출연하는데?"

"나카지마 아유무요." "아유무예요."

노에치는 사쿠마 아주머니가 잘 모르는 눈치여서 스마트폰으로 사진을 찾아 보여주었다.

"아아, 이 사람이구나. 최근에 자주 나오던데. 맛치랑은 별로 안 닮았네."

"매염방이 죽기 전에 일본에 왔는데 맛치랑 만났대요. 장례식에도 참석했다던데요? 사람 자체가 좋았던 건지, 아니면 옛 연인으로서 사이가 좋았던 건지 모르겠지만요."

나쓰코가 시리즈 다섯 편을 봐도 풀리지 않던 의문을 중얼거리자, 사쿠마 아주머니는 "응, 그렇구나" 하더니 본인의 오십 년 전 연인 이야기를 무리하게 갖다 붙였다.

D사카 건설에 다녔다던, 모 씨의 이야기였다.

"그 사람, 나랑 결혼 못 하면 자기는 평생 독신으로 살

거라는 말을 했단다. ……아직 독신이려나.”

“그럴 리가 없잖아요!”

나쓰코는 그만 웃어버렸다. “손자가 있을걸요.”

“어쩌면 증손자가 있을지도요.” 노에치도 거들었다.

“어머 너희들, 너무하잖니.”

살짝 분하다는 투로 대꾸하며 사쿠마 아주머니도 웃었다.

오 분에서 십 분에 한 번은 나쓰코의 집 앞에 펼친 물건을 누군가가 들여다보고 지나갔다.

나쓰코와 노에치는 베란다 의자에 앉아 방문객을 느긋하게 기다렸다.

일부러 찾아오거나 지나가다가 들른 사람도 있었다.

“낫짱, 안녕.”

예전에 나쓰코와 노에치가 방충망을 고쳐주었던 7동의 후쿠다 씨는 일부러 찾아온 눈치였다.

“후쿠다 씨, 어서 오세요. 커피 드세요.”

나쓰코가 손짓으로 부르며 종이컵을 건넸다.

“이거 선물이야.”

후쿠다 씨가 과자를 포장한 종이 꾸러미를 주었다. “바로 요 앞에서 산 거지만. 후후."

"받아도 돼요?"

베란다 난간 너머로 교환이 오갔다.

"물론이지. 그나저나 아야짱이 이번에 마치야로 재즈를 들으러 같이 가자고 그러더라."

눈이 동그랗고 사랑스러우며 끼가 넘치는 후쿠다 씨가 말했다. 언제부턴가 사쿠마 아주머니를 '아야짱'이라는 애칭으로 부르게 된 모양이었다. "기모노 차림으로 갈까 봐. 기대돼."

"괜찮겠는데요."

"이거, 아무거나 가져가도 되는 거야?"

돗자리 위의 물건을 힐끗 보며 후쿠다 씨가 말했다. "물건들이 상당히 좋아 보이는데."

"그럼요, 내놓는 물건이에요. 원하는 대로 가져가세요."

"이봐요, 혼마 씨. 여기예요."

후쿠다 씨가 맞은편에서 걸어오는 남자에게 손을 흔들었다. 호리호리하고 키가 큰 남자였다. 그는 손에 뭔가를 들고 있었다. 가까이 다가오니 그게 책 한 권이라는 걸 알 수 있었다.

"……혼마 씨가 누구지. 알아?"

나쓰코가 노에치에게 물었다.

"글쎄."

고개를 갸웃거리더니 말을 이었다.

"아, 주차장에서 종종 차에 광을 내던 아저씨 같은데."

남자들에게 인기 있는 후쿠다 씨가 단지 안에서 새로운 상대를 발견한 걸까.

"안녕하세요."

빨간 야구모자를 쓰고 수줍게 웃는 혼마 씨에게 나쓰코는 종이컵에 커피를 따라 권했다.

"안녕하세요. 커피 드세요."

받아 든 커피를 마시며 물건을 구경하던 그가 물었다.

"이거 가져가도 될까요?"

가로로 긴 나무상자에 담긴, 작은 사기잔 세트를 손가락으로 가리켰다.

"그러세요."

나쓰코의 대답을 듣더니, 그는 자기가 들고 온 책을 그 자리에 슬쩍 내려놓고 그 대신 작은 사기잔 상자의 뚜껑을 덮은 뒤 손에 들었다.

후쿠다 씨는 커다란 크리스털 꽃병 하나를 상자째 들어 올리더니 품에 안았다. 혼마 씨는 자기가 든 가벼운 상자와 후쿠다 씨의 상자를 바꿔 들었다.

"잘 쓰겠습니다."

"잘 쓸게."

두 사람은 각각 물건을 하나씩 가져가 주었다.

"혼마 씨가 두고 간 책은 뭘까? 두 권 다 같은 책인데 한 권은 사인본이더라."

베란다 너머로 보니 노벨즈* 같은 페이퍼백** 책이었다.

"추리소설 같은데. 우치다 야스오의 〈아사미 미쓰히코〉 시리즈 말이야."

노에치가 가만히 보더니 말했다. 예상이 맞았는지는 알 수 없다.

혼마 씨가 후쿠다 씨와 무슨 관계인지도 더 생각해 봤자 알 길이 없어서 관두었다.

그 뒤로도 여러 사람이 교대로 다녀가며 물건을 구경하러 와주었다.

소라짱의 엄마도 나쓰코가 선물한 에코백을 든 채 다

녀갔고(유리로 된 새 모형 장식품을 가져갔다), 노에치의 부모도 얼굴을 내밀었다.

"나 참, 일부러 가지고 가진 말라니까! 그거 새언니네 친정에서 안 쓴다고 해서 가져온 거라고. 지금 오빠가 부지런히 정리 중이란 말이야."

노에치는 목각 쟁반 두 개를 손에 든 채 무엇을 고를지 계속 고민하는 엄마에게 말했다.

"그래도 이거 하나는 가지고 싶은데."

그러더니 쟁반 하나를 챙겨 돌아갔다.

사쿠마 아주머니는 한 시간에 한 번꼴로 누군가를 데려와 구경했다.

매번 "안녕" "또 와버렸네." "어때, 손님들은 와?"라고 즐거운 듯 웃으며 말을 걸었다.

"아주머니, 여러모로 고마워요."

나쓰코는 진심을 담아 감사한 마음을 전했다. "D사카 건설에 다니는 분에 대해 다음에 좀 더 자세히 알아봐 드릴게요."

"어머, 정말!"

사쿠마 아주머니는 오늘 가장 기뻐 보이는 표정을 지었다.

곧 날이 저물었다. 물건들은 절반쯤 줄어든 상태였다.

"이제 안 오려나."

"그럴걸."

두 사람은 고개를 끄덕인 뒤 슬슬 바자회를 마무리하기로 했다.

각자 분담해서 정리를 시작했다.

재차 노에치를 밖에 세우고 나쓰코는 베란다에 남아 돗자리 위의 물건을 건네받아서 방으로 날랐다.

꽃병과 접시, 술 주전자와 술병, 쟁반을 챙겨간 사람들이 상당히 많았는데, 웬일인지 그 대신 집에서 들고 온 물건을 하나씩 슬그머니 내려놓고 돌아가는 바람에 그만큼 물건이 늘어난 상태였다.

만약 그러한 선물들이 없었다면 돗자리 위는 좀 더 정리된 모습이었을 것이다.

"사쿠마 아주머니가 교환회라고 말하지 않았어?"

나쓰코가 물었다.

"그랬지."

노에치가 고개를 끄덕였다.

"뭔가 쓸데없는 정보를 덧붙이신 것 같은데. 뭐 상관없지만."

혼마 씨가 두고 간 책을 노에치가 멀리서 흘끗 봤는데,
말했던 대로 정말 우치다 야스오의 〈아사미 미쓰히코〉 시
리즈였다.

"그나저나 이런 게 있었나? 후쿠다 씨가 두고 간 건가?
분명 크리스털 꽃병이 있던 자리에 살며시 놓여 있었는
데."

노에치가 자그마한 찻잔 하나를 들어 보여줬다. 베란
다에서 건네받아 살펴보니 나쓰코의 기억에도 없는 물건
이었다.

……아무래도 후쿠다 씨의 물건인 듯했다.

간이치와 오미야의 그림*이 그려진, 아타미 온천의 찻
잔이었다. 오미야가 입은 빨간색 기모노와 파란색의 바
다가 묘하게 화려했다.

이번 바자회에서 남은 물건들도 우선 회수해서 꾸준히
출품하는 수밖에 없어 보였다.

"다다미방을 정리하려는데, 노에치 너도 좀 도와줄래?"

"알았어, 매일 올게."

"든든하네."

•   '간이치'와 '오미야'는 소설 《곤지키야샤》의 주인공들이다.

"후후후, 늘 신세 지고 있으니까."

노에치가 기쁜 듯 말했다.

나쓰코도 밖으로 나가 접이식 테이블을 정리한 뒤 드디어 텅 빈 돗자리 위에 털썩 앉았다.

랜턴 빛이 베란다 주변을 비추었다.

"노에치, 과자."

후쿠다 씨한테 받은 동네 양과자점의 붓세를 보여줬더니 노에치도 곧장 옆에 앉았다. 맛이 두 종류였는데 나쓰코는 '살구'를 고른 뒤 노에치에게는 '치즈크림'을 건넸다.

손가락 끝을 물티슈로 닦고 개별 포장된 과자 꾸러미를 열었다.

베란다 아래에 피웠던 모기향이 벌써 끝나가고 있었다.

"그러고 보니 소라짱이랑 셋이서 들판에 돗자리 깔고 앉아서 자주 수다 떨곤 했는데."

살구잼이 든 폭신한 붓세를 먹으며 나쓰코가 말했다.

"그랬지. 셋만의 제멋대로 소풍이랄까. 어디에 있든 소풍이었지."

노에치도 말을 보탰다.

유치원부터 초등학교까지 이어졌던 세 사람의 자그마

한 추억이었다.

"그림책 말인데, 이런 이야기는 어때?"

나쓰코는 문득 떠오른 생각을 말했다. 아무리 기다려도 노에치는 단 한 번도 스토리에 관한 말을 해준 적이 없었다. "소라짱이 돗자리를 타고 다양한 곳을 여행하는 거야. 단짝 부코*랑 갓파**를 데리고 가는 거지. 민들레 솜털이나 눈의 결정체, 벚꽃잎이나 은행나무 잎이라든가 새빨간 단풍 같은, 그렇게 뭔가가 흩날리는 사이로 두둥실 돗자리를 타고 날아가는 거야."

"아, 뭔가 이미지 하나가 떠오르는데."

마찬가지로 붓세를 먹던 노에치가 정면을 바라보며 말했다. "소라짱이 돗자리를 타고 하늘을 살랑살랑 날아가는 거지. 돗자리로 여행하는 세 사람이랄까."

"야, 같은 내용이잖아."

나무라는 나쓰코를 향해 노에치가 익살스러운 표정을 지었다.

"이 과자, 옛날에 소라짱이랑 같이 먹었는데."

---

*   일본에서 돼지를 귀엽게 부르는 애칭
**   일본의 요괴 중 하나로, 머리에 물이 담긴 접시를 이고 다닌다.

노에치가 그리운 듯 말했다. 옛날부터 동네 양과자점에서 만들어온 마망*이라는 이름의 붓세였다. 소라짱과 나쓰코는 살구잼을 좋아했고 노에치 혼자 치즈크림파였다.

"노에치 넌 꼭 두 개 먹었잖아. 치즈크림으로."

"뭐래, 날 돼지 캐릭터로 만들 셈이야?"

"진짜 그렇게 먹었잖아. 맞아, 그래. 부코의 간식은 소라짱의 두 배로 해야겠다. 그게 좋겠어."

"셋이 마망을 먹으면 돗자리가 하늘을 난다는 설정은 어때?"

"오, 좋네."

나쓰코의 눈앞에 세 사람이 돗자리를 타고 두둥실 모험을 떠나는 모습이 보였다.

---

* Maman, '엄마'라는 뜻의 프랑스어

오늘의 판매액

☐ 쿠레주* 빈티지 열쇠고리 (스무 살 때 홍콩에서 사 온 것)	2,800엔
☐ 폰타 문구류** 3점 세트(노트/클리어 파일/펜)	800엔

오늘의 쇼핑

☐ 마쓰의 나폴리탄 스파게티 ₹00엔 + 오므라이스 ₹00엔 +바나나 핫케이크 980엔 + 크림소다 550엔×2(바자회 회식/나쓰코의 한턱)	3,480엔

- • 프랑스 패션 디자이너 앙드레 쿠레주의 이름을 딴 패션 브랜드
- •• 일본의 포인트 서비스 회사인 'Ponta'에서 만든 캐릭터 '폰타'를 디자인한
  문구류

또・단지의 두 사람

초판인쇄　　2026년 4월 1일
초판발행　　2026년 4월 10일

지은이
후지노 치야

옮긴이
양지윤

편집
김가원, 최미진

디자인
권진희

그림
기타자와 헤이스케

마케팅
이승욱, 노원준, 조성민,
이선민, 김동우

제작 관리
조성근

ⓒ후지노 치야
ⓒ기타자와 헤이스케

펴낸이
엄태상

펴낸곳
(주)시사북스

등록번호
제2022-000159호

등록일자
2022년 11월 30일

주소
서울시 종로구 자하문로 300
시사빌딩

전화
1588-1582

이메일
emptypage01@sisadream.com

ISBN　　979-11-93873-25-0　04830
　　　　　979-11-93873-24-3　（세트）